JN118104

マクロビオティック
在宅介護
～父のパーキンソン病闘病記～

永本佳子

ブックコム

はじめに

父の在宅介護を始めて今月で一年九ヵ月ほどになる。

マクロビオティックを父の在宅介護に取り入れてから、驚くような数々の変化が父の体には起こってきた。毎日欠かさず、日々の父の様子や健康状態を医療レポートにしていたため、この父の上に起きた変化がいつか誰かの役に立つような気がして、一年の介護日記をまとめてみようと思ったのが、今回書籍を出すことになったきっかけだった。

この闘病日記をまとめている中で、改めて感じたのは父の闘病を核とした家族の想いやコミュニケーション、工夫までもが「家族の歴史の一つ」であることだ。

私は父の感謝と愛情を再認識することができ、一方で、いかに私たち家族が一団となり、父のために考え、行動を起こしてきたかと言うことを客観的に再認識することができた。そして、若くして亡くなった私の兄が見えないところで何度も、家族の窮地を救ってくれたように感じている。

闘病記というと、終盤はつらく悲しい内容の書籍が思い浮かぶが、私の書籍はマクロビオティック介護を通して家族がまとまり、紆余曲折はあるものの、父が快方に向かう様子を幸いにも綴ることができたように思う。

一年を通して、一人の人間にマクロビオティックを実践し、体の変化を綴った書籍は私が知る限りでは存在しない。病歴、育った環境で体質は大いに違ってくるため、一概にこのやり方が良いとは言えない。ただ、日本古来の先人から引き継いできたマクロビオティックの食事法と手当て法というものが、現代でどのように役になったかという一つの指標になるように思う。

父に実際に作った食事のレシピと手当て法のやり方は最後の章にまとめており、日々の生活に活用できるように工夫させてもらった。

私は、医療従事者でなく、あくまで個人としての介護の手法として「マクロビオティック」を活用していることをご理解いただきたい。

もし、この本がいつかどこかで誰かのお役に立てることがあれば、私と父にとってこれ以上の喜びはないと思っている。

目次

第二章

退院、在宅介護の始まり

第三章　マクロビオティックで試行錯誤の日々

第四章　コロナと誤嚥性肺炎からの生還

第五章　マクロビオティックレシピ

パーキンソン病について

一般的にパーキンソン病とは、脳内の神経伝達物質の一つであるドーパミンが不足し、手の震え、ぎこちない動作、小刻みの歩行などの症状が表れる進行性の病気と言われている。ドーパミンの不足は、脳の黒質という部分の神経細胞が減少するために起こると言われているが、その原因はまだ分かっていない。

パーキンソン病が進行すると、歩行時に足が地面に張り付いて離れなくなり、すくみ足が見られる。方向転換するときや狭い場所を通過するときに障害が目立つ。筋肉が硬くなり、自分でコントロールするのが難しくなるため、便秘になる、口が常に開いておりヨダレが出る、表情が全くなくなり、顔が脂ぎるという症状が出る。

パーキンソン病ではこれらの症状に加え、意識の低下、認知機能障害、薬の副作用による幻視、幻覚、妄想などの多様な非運動症状が認められている。四〇～六〇歳で発症する場合が多く、四〇歳以下の発症は若年性パーキンソン病症候群と呼ばれる。ほとんどの場合、発症から一〇～一五年は独立した日常生活が可能と言われ、それ以上は介助が必要になり、一五～二〇年で寝たきりになると言われている。完治することが不可能な難病指定されている病気だ。

［重度分類表］

ステージ1

体の片側だけに手の震えや筋肉のこわばりが見られる。体の障がいはないが、あっても軽い。

ステージ2

両方の手足の震え、両側の筋肉のこわばりなどが見られる。日常生活や仕事がやや不便になる。

ステージ3

小刻みに歩く、すくみ足が見られる。方向転換のときに転びやすくなるなど、日常生活に支障は出るが、介助なく過ごせる。

ステージ4

立ち上がる、歩くなどが難しくなる。生活のさまざまな場面で介助が必要になる。

ステージ5

車椅子が必要になる、ベッドに寝ていることが多くなる。

マクロビオティックについて

マクロビオティックとは、東洋哲学の「陰陽論」を元にした〝環境〟と〝身体〟の調和を目指す養生思想から来ており、穀物と野菜を主とした食事を基本としている。

古くは、明治時代、日本の医者であり薬剤師でもあった石塚《いしづか》左玄《さげん》（陸軍で薬剤監、軍医を務めた）が、日々口にする食物のナトリウム（陽）とカリウム（陰）のバランスで人間の健康状態が決まるという〝夫婦アルカリ論〟を提唱したことが始まりであると言われている。

ビーガンやベジタリアンと違う部分は、マクロビオティックは穀物菜食を基本に、陰陽に基づいてそのときの自分に合う食べもの、食べ方（調理の仕方）を柔軟に選択していくところにある。

一般的にマクロビオティックの考え方は主に次の三つの原則からなっている。

一つ目は、「身土不二《しんどふじ》」

その土地、その気候と体が一体であるということから、住んでいるその土地で作られたものを食べるということ。現在は社会状況の変化もあるため、国内産のもの、また生産過程が自然に作られたものを食べるようにする。

二つ目は、「一物全体《いちぶつぜんたい》」

食べ物一つとっても陰陽を併せ持っている。それを丸ごといただくことで、食物が持っているエネルギーを丸ごといただくという理念だ。

調理の過程で精白、アク抜き、皮を剥くということはマクロビオティックではしない。

三つ目は、「陰陽調和《いんようちょうわ》」

マクロビオティックで食べものを考えるとき、この〝陰陽〟が基準となる。

陰と陽とは、表と裏、男性と女性、光と影というように、物事すべてに両面あり、両方ないと成り立たず、互いに必要とする関係だと考える。この相反する二つを陰と陽に分類している。

食べ物にもこれは当てはまり、体を温める食材は陽性、冷やすものは陰性、体を締《し》めるものは陽性、緩《ゆる》めるものは陰性となる。私たち生き物は常に陰陽の調和を取りながら生きており、体調不良や病気はこの陰陽のバランスが崩れたときに起こると考えられている。

寒い冬になると体は冷え、体を温める陽性の食べ物が欲しくなる。暑い夏には氷入りの飲料水を飲むと身体がひんやりして美味しく感じる。これは無意識に身体が陰陽のバランスを取ろうとしているからだ。

左の表は、陰陽の性質に基づき、食べ物を陰と陽に分けたものだ。

ただ、各人で育った環境や、母体にいたときに母親が食べていたもので体の陰陽の状態が違うため、この表も絶対とは言えない。

例えば、現代人は戦前の人と比べ、動物性食品をとても多く摂っている人が多い。そ

食べ物の陰陽表

陰性 ――――――――― ――――――――― ――――――――― 中庸 ――――――――― ――――――――― ――――――――― 陽

紫 藍 青 緑 黄 橙 赤

大豆 小豆 とうもろこし 小麦 玄米 そば きび ひえ
はと麦 あわ

たけのこ じゃがいも 長ネギ キャベツ 玉ねぎ ごぼう
トマト なす さつまいも 里芋 かぼちゃ 人参

大豆 小豆
ひよこ豆

のり わかめ ひじき しじみ カレイ サケ
うなぎ タイ ウニ

ぶどう みかん
りんご

レーズン 干し椎茸 切り干し大根
片栗粉 本葛粉 出し昆布

豆乳 納豆 春雨 油揚げ 天然酵母パン 葛きり 餅 たくあん
豆腐 きな粉 うどん 高野豆腐 梅干し

黒砂糖 みりん 油 酢 梅酢 醤油 味噌 塩

ジュース 煎茶・紅茶 三年番茶 玄米コーヒ
コーヒ 水 梅醤番茶

のため左の表で中庸とされている玄米が体に入りづらい人がとても多いと言われている。
　重要なことは、自分の中の中庸を知ること。そのためには五感を研ぎ澄ますことがとても大切だ。マクロビオティックは五感を使う料理だと言われているのはそのためだ。

　マクロビオティックとひとくくりに言ってもその考え方はとても幅広く、時代と共に変化している。例えば、マクロビオティックを教える学校

陰陽の性質

陰性	陽性
遠心力	求心力
拡散	収縮
柔らかい	固い
上に行くほど陰性	下へ行くほど陽性
暑く暖かい土地で取れるもの	寒く、涼しい土地で取れるもの
カリウムが多いもの	ナトリウムが多いもの
分裂する	集合する
成長がやはい	成長が遅い
水分が多い	水分が少ない
色が薄い	色が濃い
緩んでいる	締まっている
粘りがある	サラサラしている

では、一〇年ほど前までは自身の病気を治すためにこの料理法を学ぶ方がほとんどで、とても厳しい講義と実習だったと言われている。

ただ現在は、薬事法の改正や時代の変化等から〝無理なく少しずつマクロビオティックで楽しく体調を整えていく〟と言うコンセプトで運営している学校が多い。

私がマクロビオティックの学校で学んだ理由は、時代の流れに影響されない〝変わらないマクロビオティックの基本〟を学ぶためであった。例えば、野菜の陰陽の切り方、陰陽の火の通し方、玄米の扱い方などだ。

古い文献をたくさん読み、自分の体を使い実践することで、今の私独自のマクロビオティックに辿り着いたように思う。

私の考えの基本になっているのは、正食医学として完全な穀物菜食（乳製品を含む動物性食品は一切摂らない）で病気治しを長年されてきたO先生だ。

私が食事を作る上で大切にしていることは次の五つである。

一．自然農法、自然栽培の食材を使う。

二．穀物、野菜、海藻、天然醸造の調味料（味噌、醤油等）を使う。砂糖類は一切使用しない。
三．果物、生野菜などは体調と季節に応じて取り入れる。
四．肉、卵、乳製品、魚介類などの動物性食品は取り入れない（体調を一時的に改善させるために使う場合もある）。
五．人工的、化学的加工をしている食材は使用しない。

毎日変化する父の症状を、陰陽で判断するときに念頭に置いているのが、「無双原理《むそうげんり》」だ。この世の中の全ての万物は、法則を持った陰と陽で成り立っている。陽と陰は引き付け合い、陽と陽は反発し、陰と陰も反発する。陽極まり陰となり、陰極まって陽となる。表が大きければ裏も大きいなど、それが「無双原理」だ。

無双原理一二の定理をここで説明すると、それだけで一冊本が書けてしまうため、詳しく知りたい方は巻末の参考文献をご覧いただきたい。

父の食事を組み立てていく上で選ぶ食材は、父が今までどんなものを食べてきたか、ということを念頭に置いた。

例えば、父は生まれたときから現在まで海辺に住んでいたため、肉より魚を多く食べて育ってきている。夜に出る高熱や血圧が異常に高い場合は（陽性の症状）、食事に大根おろし汁を混ぜる、もしくはオレンジジュースで対処し改善したことがある。父が今まで摂取してきた体内に溜まっている動物性食品（陽性の毒）を溶かし出すには、大根やミカンがとても合うと判断したためだ。これが肉を多く摂っている人であれば椎茸スープ、リンゴジュースが合う場合もある。

父のパーキンソン病の一つの症状として便秘がある。パーキンソン病は筋肉が硬くなり、締まる傾向がある病気だから便秘になりやすいのだ。これを改善するにはオレンジジュースがとてもよく効いた。ただ通常の陽性の便秘にはハブ茶がよく効く。

体から出る症状の陰陽表

	陰性	陽性
尿の色	薄い	真っ黄色
尿の量	多い	少ない
便の色	薄い	茶色っぽく濃い
便の性状	下痢、柔らかい	固い、コロコロ便
体温	低い	高い
動き	遅い	早い
表情	柔らかい	眉間にシワがよる

文中に「手当て法」という項目が出てくる。

父の在宅介護を進めていく上で欠かせないのがこの「手当て法」だ。

手当て法とは、体の表面に出てくる不快な症状を食材で一時的に取る対処療法である。症状にも陰陽があるので、問題となる症状の陰陽を判断し、それに対して適切な手当て（陽性の症状には陰性の手当て、陰性の症状には陽性の手当て）を行う。

手当て法の一つ、生姜湿布と里芋パスタは捻挫、痛み、痒み、痺れ、腹水、ひいてはがんにも応用できる。

手当て法は先達が自然界から学び取り、子孫代々伝承してきた知恵の結集だ。台所にある食材でできるのだから、副作用がなく、とても安心感がある。

ただ、手当て法も対処療法のため、毎日の食事を改めないと根本的に体を治癒していくことは難しい。食事を改めないと手当て法も効き目が半減すると言えるのだ。

戦前、戦後、現代と、人々の食はとても変化し、そこに大量の化学調味料、添加物、摂取してきた医薬品が体内に貯蓄しているため、マクロビオティックの陰と陽の症状を判断していくのは難しいと感じる。私も日々実践し、体感することで、初めて腑に落ちることも多い。

マクロビオティックで自分にそのときに合った食事を続けていると、体質は変わってくる。その変わった体質に合う食事をまた見直す必要があるのだが、ほとんどの人ができずに失敗し、体調を逆に壊してしまうとよく耳にする。とても残念なことだと思う。

この闘病記を読み進めてもらうと分かるが、私は父に食事を合わせていく上で、陰陽の判断を間違えたことがある。

この闘病記を読んでマクロビオティックを実践してみたい方は、まずは自身の食を整え、判断力をつけることをお勧めしたい。そしてぜひ最後に記載してある文献を参考にしていただければと思う。

第一章　父のパーキンソン病

三七年前の異変

父が初めて体の異変に気付いたのは、今から三七年前、一九八七年（当時三八歳）のときだった。右手の震えが止まらないということで、〝精神内科〟にかかったのが最初だ。当時は稀な病気で、高知県の片田舎には〝神経内科〟というものがなく、〝精神内科〟に診察に行くこととなったようだ。そのとき、医者からパーキンソン病の疑いがあると言われたのが発端である。

その後、その病院から紹介状をもらい、県内で一番大きな総合病院でくまなく検査をした結果、まだパーキンソン病の発症はしていないと言われたそうだ。

ただ、症状を和らげるために薬を処方され、その服用を始めたことで、手の震えは良くなったと思われていた（ステージ１）。

パーキンソン病発症

六年後の一九九三年（当時四三歳）の頃、父はストレスからくる異型狭心症で病院にかかることになる。

その担当医は狭心症の症状よりも、父のパーキンソン病からくる症状（手の震え、足の震え、無表情）の深刻さを指摘した。さらに、すぐに東京のパーキンソン病で最も有名なJ病院で検査するように言われ、父は即、検査入院をした。

そして、そこで初めてパーキンソン病を発症していると診断された。そのときからパーキンソン病の薬を服用し始めた（ステージ2）。

一九九八年（当時四八歳）のときに、日本でパーキンソン病の第一人者と言われている故N先生の個人病院にかかることになった。N先生はその当時、パーキンソン病の手術ができる唯一の先生だったため、父は脳内に電気信号を送る手術を勧められた。ただ頭に穴を開けることを父は嫌がったため、そこではパーキンソン病の薬の処方のみをお願いすることとなった。

現在、父が服用している薬は、運動機能を上げる効果があるという。これを父は現在、一日六錠服用しているが、父と同じ時期に通院していたパーキンソン病の患者さんは、一日二〇錠服用しても歩行のコントロールができず、歩き出したら壁にぶつかるまで止まらない症状があったようだ。

半年に一度、東京の病院へ通院

二〇〇三年（当時五三歳）のとき、N先生がご病気で亡くなったため、後を継がれたM先生がいる東京のJ病院にかかることになる。

M先生の診察を受けるため、半年に一回、父は東京に通院することになった。

M先生は薬の調整がとても上手で、何よりとても優しく穏やかな先生だったため、父は大好きだったようだ。父はM先生のおかげでパーキンソン病の薬と上手く付き合うことができた。そのため震えやすい足など、体の不便を感じながらも、日常生活を自分自身で行うことが長年できていた。

二〇〇八年の五月、私は父と山に登っている。家の近くにある山で、運動がてら一緒に行った。自分で歩行のコントロールできないこともあったが、二日間連続して歩くことができた（ステージ２～ステージ３）。

進行が進み、高知医大に転院

父は二〇一六年あたりから目に見えて運動機能が落ちていき、言葉を発するのも難しくなった。排泄には介助が必要になった。排泄した感覚がなくなり、夜中に尿でベッドや畳がびっしょり濡れてしまうこともたびたびあった。

頭はとてもしっかりしていたため、オムツをするのを極端に嫌がった。家での移動は調子が良いときは歩行器、それ以外は車椅子になった。

食事も介助が必要になった。二ヵ月に一度行っていた東京の病院への通院も、車椅子での移動が段々と難しい状況になり、二〇一九年の十二月をもって、高知医大に転院することになった（ステージ４）。

二〇二〇年一月、高知医大に転院後の検査で、父が過去に何度か脳梗塞を起こしていることが分かった。右手の指に何か違和感があるようで、いつも気にして触っていたのは脳梗塞のせいだと、そのとき、初めて気が付いた。

この頃から父は、意識がハッキリしているときと、話しかけてもボーッとして会話にならないときの差が明らかに出始めた。

父の夜間の介護負担が大きくなり、母を休ませるために父には一週間に三日間、ショートステイに行ってもらっていた。

社長として、また一家の長としてのプライドから、自分が自らの家を出ないといけないという状況は、父には理解しがたいようだった（ステージ４〜ステージ５）。

養護老人ホームへ入居

いよいよ母一人で父を在宅介護することが困難な状態と判断し、二〇二〇年八月から養護老人ホームへ入居することになった。ちょうどコロナパンデミックが高知県でも始まりを見せていたときだ。

養護老人ホーム入居後一月足らずで、父は誤嚥性肺炎で緊急入院した。

さらに退院後、二日足らずで、またも誤嚥性肺炎を起こし再入院となった。この頃、コロナの影響で父と母が面会できたのは、養護老人ホーム入居から病院への入院期間の四ヵ月間で、わずか三回ほどだった。

この時期、母は父を老人介護施設に入れてしまったことへの罪悪感と自身の体力の限界との狭間にいて、精神的な落ち込みがひどかった。

入院してからの父は、病院側がコロナを警戒し面会を受け付けておらず、誰とも会うことができなかった。

手が自由に使えず声も出ないため、電話も一人ではできない。コロナ禍で看護師の手が足りておらず、ｉＰａｄを使ってのビデオ通話ができたのもわずか二回ほどだった。

一時帰宅で束の間の幸せ

二〇二〇年十一月三十日、入院中の父が一時帰宅できることになった。

東京にいる私たち夫婦、妹家族、兄家族が父と過ごすために実家に集合した。養護老人ホームに入る前から、時々、夜間泊まりで父の介護をお願いしていた看護師のAさんが父のために夜来てくれることになった。

この日、父はとても嬉しそうだった。

私が
「私のこと分かる?」

と父に聞くと、
父は
「分からん」

と冗談で返したほどだ。みんなが束の間の幸せを感じる時間になった。

このときから、誤嚥を防ぐために父は鼻から胃につながる管を入れており、口から食べることはできなくなっていた。

次の日、父は病院に戻らなければいけない。一日はあまりに短過ぎた。病院への道中で父は、病院に戻るのがつらいのか涙を流していた。病院では父は孤独だ。

病院に父が戻ってからもコロナを警戒し、面会謝絶が続いた。

家族の愛を運んでくれたハガキ

私は、私たち家族が離れていても、いつも父を思っていることを分かってもらいたくて、苦肉の策でハガキを三日に一回書くことした。コロナ禍でもハガキであれば、看護師の負担が最小限で済むだろうと思ったからだ。

毎回、私からのハガキを看護師が読んで聞かせてくれていたようだ。父はうなずきながら聞いていたと、看護師が母に伝えてくれた。

ハガキは文字数が限られているので簡単に書けると思っていたが、毎回、時間がかかった。父の寂しさが伝わってきて泣いてしまい、いつも、やっとの思いで書き上げていた。

私が子どもの頃の話や父と私の性格の話、妹家族の話、楽しく前向きになるような話をたくさん書いた。そして、私が父をどれほど尊敬し、大切に思っているかということも必ず付け加えた。

ハガキが頻繁に父に届くようになると、父は毎日楽しみに待つだろう。妹も父にハガキを出してくれるようになり、私は母にも勧めた。

でも母は、父への感謝の気持ちを文字にするだけで、涙があふれ出て書けないと、泣きながら私に電話をしてきた。

私は、母がこのまま父を一人にしたくないのだと感じた。


それから二〜三日も経たないうちに妹から、夜間の看護師を個人的に雇って、父を退院させてみてはどうかと提案があった。そうだ、その手があった。

それから私たち家族の行動は早かった。

一日に三回、訪問看護に来てくれる会社の手配、往診に来てくれるお医者さんの手配、痰の吸引器や経管栄養剤、たくさんの方々に協力してもらい、なかば強引に父を退院させることになった。

退院日は十二月二十九日。

私は嬉しくて、すぐに退院できるという内容のハガキを父に書いた。父はどれほど希望を持ったことだろう。

私はそれから、あと少しの我慢だよと父を思い、毎日祈った。

第二章

退院、在宅介護の始まり

マクロビオティック介護を始めた理由

二〇二〇年十二月二十九日、父はおよそ四ヵ月におよぶ入院と養護老人ホームでの生活から解放され、大好きな我が家に戻ることができた。

完全看護ができる在宅環境を整えることができたのは、奇跡でしかなかった。

夜間に看てくださる看護師が見つかったこと。日中一日三回の訪問看護の方が来てくださることになったこと。ケアマネージャーの方が親身になって、病院と退院の手続きを進めてくださったこと。その全てが本当に有り難かった。

この頃、私はかねてから実践してきたマクロビオティックの基礎習得のため、マクロビオティックの師範免許を取得したばかりだった。

以前より、戦後、正食医学という名前で病気治しを行ってきた亡き先生の数少ない書籍と講義録画を何度も見て、自分を実験台として体質を根本改善してきた経験があった。

そして、より実践経験を積み、学んでいきたいと思っていた。

在宅介護を行う中で、父の褥瘡《じょくそう》（床ずれ）やパーキンソン病が引き金となり出てくる症状を、日本古来より伝わる手当て法やマクロビオティック食で改善し、少しでも父が快適に家で過ごすために私が全力でサポートしようと決めた。

長年、マクロビオティックの目を見張るような効果を私の側で見ていた母は、この養生食と手当て法を父に施していくことに大賛成だった。

必然的に、父は私に大きな経験を積ませてくれる機会を与えてくれたのだ。

ただ、当時の私にとって、父の食事を季節とその日の症状に合わせて調整していくことはまったくの手探り状態であり、緊張が伴うこともよくあった。

かつての偉人の古い書籍だけでは、父の毎日変わる症状への対応に答えが出ないことも多々あった。そのときは、学んだ学校の先生方やホメホパシーと食養で自然治療されている先生の意見を参考にさせていただけたことは幸いであった。

父の容態

退院したとき、父は手のひらサイズの褥瘡が尾骶骨《びていこつ》の上にあった。表面の傷から中をのぞくと空洞になっていて、骨が見える状態だった。

さらに、パーキンソン病のため嚥下機能が落ちてきており、自分で下から上がってくる唾や痰を飲み込むことができず、吸引が頻繁に必要な状態だった。体がひどく衰弱していて微熱が続いており、便は柔らかめだった。

退院後、父の食事は経管栄養剤を一日一回にし、あとの二回は私の作った玄米クリームと玄米甘酒にした。

経管栄養剤は高カロリーだが、防腐剤、食品添加物、人口甘味料がたくさん含まれているため、父の体に入れることに私はとても抵抗があった。

ただ、退院と同時に全てをマクロビオティックの食事に変更することも、正直、怖い部分があった。なぜならば、父のような持病を持った病人の体調や症状を食事で改善した経験が私になかったため、想定外のことが起きた場合の対処法がこの頃の私にはわからなかったからだ。

この時期の1日の食事内容

	玄米クリーム	警官栄養剤	甘酒	お茶	ジュース	白湯	地竜
6:00	300		200	100	50	50	50
10:00		400	100	150		100	
13:00				150		200	
17:00			170	250			
20:00	400		150	200		100	

色々と試行錯誤しながら一日一回の経管栄養剤を含め、およそ、一日一五〇〇カロリーほどを父に摂ってもらった（病院より一日一二〇〇カロリーにするように指示があった）。

起死回生の食事「玄米クリーム」（作り方は142ページ参照）

玄米クリームは〝起死回生の食事〟とマクロビオティックの世界では言われている。これを口にすることができれば、死ぬ間際の病人でもさらに延命することができるなど、数々の逸話が残っている。

当時、私はどうしてもこの玄米クリームを父の体に入れたかった。先祖から受け継いだ大地の恵みが父の体に入り、それが父の血となり肉となって、病と戦うエネルギーになると信じていた。

退院当初、父はとても衰弱しており、陰性の状態だった。

玄米クリームは基本に忠実に作った。

注意したことは、玄米を炒めるときはきつね色になるまでしっかり時間をかけること。水を入れて煮るときは土鍋で四時間以上ゆっくり火入れを行うことだ。

二回目以降、玄米クリームを作るときは褥瘡にも効くよう、肌の再生能力を上げる〝浄身粉（ハトムギの粉）〟、大地の肉と言われる高ミネラルのたんぱく質〝たかきび〟、そして、より体を陽性にするために〝黒炒り玄米粉〟を混ぜた。

玄米クリームを作り続けるうちに、玄米を絞る際の力が非常に必要で、右手首を痛めてしまったことがある。そのため、玄米クリームを長く作り続けていけるよう、より簡単に作る方法を模索してみたこともあった。例えば、ハンドミキサーにかけて絞ってみたり、絞る器具を買ってみたり色々と試みた。しかしやはり従来から伝わっているやり方が一番簡単に、そして綺麗に仕上がることが分かった。

ただ、圧力鍋で作るより土鍋で作る方が玄米に時間をかけて水分が浸透するせいか、あまり力を入れなくても簡単に絞れることが分かった。

土鍋で作った玄米クリームは、寒天のように木綿の布の間からスルッと玄米の中身が出てくる。圧力鍋だと短時間で作れる利点があるが、その分、絞るときにかなりの力が

玄米クリーム（玄米100％で作った）

玄米クリームをアレンジした
（玄米クリーム用5時間煮込んだ玄米、浄身粉、たかきび入り）

必要になり、手首だけでなく指先にも負担をかけることになった。

腸の調子を整える「玄米甘酒」

玄米甘酒は発酵食品になるため、腸の調子を整える作用がある。カロリーも高く、身体が弱っている父には最適な食品だ。

私は甘酒を水で溶いて、経管栄養の管に通る濃さにしてから使っていた。カロリーが高いのは良いが、玄米甘酒は糖分が多く、父の痰が増える原因にもなった。あまりに痰が多い場合は、甘酒は止めて玄米クリームを多めに管を通して食べてもらうこともたびたびあった。

熱を下げる「地竜」

父は年末に退院してから二週間ほど、昼夜関係なく三七度台の熱が続いていた。

少し前に、私が卒業したマクロビオティック学校の講師の先生から、〝地竜《じりゅう》〟がコロナにり患したときに熱を下げる漢方薬だと教えてもらっていた。

実は地竜は私が参考にしている手当て法の本にも出てくる。『原因が分からない熱や体がひどく衰弱している病人の微熱に効果を上げる』と記載されている。

地竜とはミミズを乾燥させて細かく切ったものだ。これは生薬そのもののため、そのままゴクリと水で飲むとよく効く。漢方薬店であれば大抵どこでも置いている。

粉末にしているものもあるが添加物が多く入っているため、チップ状になったもの（乾燥したミミズを切ったもの）がお勧めとのこと。

ただ、父の場合、経管栄養として管に通る液体にする必要があるため、最初は地竜を煮出してそのエキスを入れていた。しかし、あまりにも手間がかかるため、漢方薬店に相談したところ、添加物が入っていない粉末の取り扱い品があるという。従来の地竜より少し高額になるが、父にはそちらを使った。


一月十六日の退院後一九日目の夜、三八・六度の発熱があった。

地竜をいつもの倍の量で服用してもらうよう夜間の看護師にお願いし、朝には下がったようだ。高熱を出した夜は断食をした。

次の日の夜も三八・七度になり、昼には三七度台に下がった。このときは大量の汗が出たようだ。

発熱から二日目にして熱が下がり、痰も少なく、この日はとても機嫌が良かったようだ。それでも退院してからは夜昼関係なく三七度前半から三七・五度までの熱が常にあり、この時期はほぼ毎日、地竜を服用させていた。

私自身が地竜を服用したときの実感として、すごく体が元気になる気がする。私が地竜を勧めた方々からも同じような感想をいただいた。特に少し年齢が高い方の方が実感するようだ。

尿の出が悪いときは「小豆茶」

一月二十一日、母から父の尿の出が悪く、尿に膿のようなものが混ざっていると連絡があった。水分を小豆茶に替えてもらうようにお願いした。その日から尿が大量に出始めて、看護師たちも驚き、皆さん小豆茶や玄米甘酒をネットで注文したという。そして、私たち家族の肌がとても綺麗だと褒めてもくれた。

小豆茶は、膀胱炎や尿が出にくいとき、また、浮腫みがあるときに飲むと腎臓を温め、癒してくれるため、効果的なお茶だ。小豆の形をよくよく観察してみると腎臓の形をしている。

私自身も小豆茶には本当にお世話になった。マクロビオティックの体質改善時、膀胱炎に何度もなり、その度に小豆茶を飲んだ。

体を一瞬にして締める「黒ごま塩」

一月二十二日、父が経管栄養のために入れている鼻の管を自分で抜いた。それから一〇日間の間に三回、自分で鼻の管を抜いている。違和感があり、嫌なようだ。

自分で抜けるくらい力があるので元気な証拠だと思っていたが、管を無理やり抜くことで粘膜に傷がつき出血しているようだ。止血のため黒ごま塩を玄米クリームに入れてもらった。出血は案じたほどではなく、すぐに止まった。

黒ごま塩は体を一瞬にして締める効果があるため、止血剤として古くから使われてきた。出血時は親指の第一関節の量を飲むと良いそうだ。

往診の先生から褒められる

二月十二日、退院後三回目の往診の日だった。

褥瘡が驚異的に良くなっていると医者が驚いていた。父の顔色、血圧、熱、全て申し分ないと先生から言っていただいた。家族みんなで大喜びした。この一ヵ月半、毎日、褥瘡部分への生姜湿布を夜間の看護師と母が欠かさずに行ってくれ、私は玄米クリームを週二回、ヘトヘトになるほど精魂込めて作っている。その努力が報われた気持ちになった。


その日の夕方、母から父の胃から茶色いものが引けたと連絡があった。栄養として注入する一回の量が多く、消化ができないときがあるのだと思った。

一回に入れる食事の量を少なくして様子を見ることになった。

父は鼻から入れている管が胃につながっており、そこに注射器で直接栄養や水分を入れる形で栄養を摂っていた。何度も分けて食事を入れた方が、父の体の負担が格段に軽減されるが、看護師の免許がないと経管栄養を入れることができない。

十二月の退院以来、ずっと一回の量が多すぎるのではないかと思って気になっていた。ただ、一回の食事に入れる量が少ないと栄養状態が悪くなる気がして、どうするのがベストなのか答えが見つからなかった。

「生姜湿布」と「里芋パスタ」に救われる

（作り方は151、154ページ参照）


二月二十五日、昼頃から軽い喘鳴《ぜんめい》あり。

一七時には血中酸素が低下してチアノーゼが出てきた。

一九時には肺ガサ音が聞かれ、喘鳴がある状態、チアノーゼはない。

母からの連絡で私は慌てた。両肺に生姜湿布と里芋パスタを行うようにお願いした。

生姜湿布から里芋パスタにした時点で喘鳴と肺のガサ音が消えた。生姜湿布と里芋パスタの効力を感じた日だった。

この日を境に三日間連続して同じ状態が続いた。私たちは生姜湿布と里芋パスタで乗り切るしかなかった。

この期間、父は余程身体がしんどかったのか、母に『これ以上、もう頑張れない』と言ったそうだ。我慢強く弱音を吐かない父が言うのだから、相当つらかったのだろう。父の発する一言があまりにも重くて、やり切れなくなった。

三日目の夜に夜間の看護師が気づいてくれたのだが、痰の吸引用のチューブが新しくなったと同時に、チューブの長さが今までのものより短くなっていた。そのせいで、この一週間ほど父の痰の吸引が中途半端になっており、気管に残った痰で呼吸がしっかりできず、誤嚥を起こしていた。そして肺炎になる一歩手前だった。日中に来る訪問看護師同士の情報伝達ミスが原因で起きたことだ。在宅介護では、たくさんの人が関わっているため、いくら細心の注意を払ったとしても、こういう事は、父のような意思疎通ができにくい患者には起こり得るのだと思う。そしてそれが命取りになり得る。訪問看護の方々から二度と起こらないように努めると母に連絡があった。

パーキンソン病のため嚥下機能が低下している父は、気管まで吸引用の管を入れて痰を吸引する必要があった。ただ、気管に吸引チューブを入れることは、呼吸が一時的に止まるため看護師にしかできない。口内に溜まった唾や痰は家族でも吸引できるため、三〇分に一回程度行っていた。

寝ている間や本人も気がつかないうちに痰が気管に落ちていき、夕方になる頃には、肺からゴロゴロとガサ音が聞こえる。また気管に痰が貼り付いて吸引できにくいこともあった。体力が低下している父には、常に誤嚥性肺炎の危険性がつきまとっていた。

里芋パスタにはあらゆる瘀血《おけつ》（酸化した毒素）を皮膚の毛穴を通して吸い出す効果がある。注意したのは、生姜湿布で患部を低温やけどする一歩手前の真っ赤な状態にしてから里芋パスタを貼ること。これをしないと効果が半減する。さらに、例外（火傷や打ち身等で患部に熱がある場合は里芋パスタのみ）を除いて、里芋湿布をするときは事前に生姜湿布をすること。この生姜湿布と里芋パスタをすることで気管に貼り付いた痰が下から上がってきて、大量の痰を回収することができるようになった。

夜になると聞こえる肺のガサ音もこの手当てをすると嘘のように消滅する。日中溜まった痰を夜にする生姜湿布と里芋パスタで取ることは日課になった。この効果には看護師一同驚愕だった。夜間担当の看護師も、この生姜湿布と里芋パスタを毎日やることで安心感があると言ってくれた。

里芋パスタの効果は四時間しか持たないため、夜中の一二時頃に看護師に外してもらっていた。里芋が肺の中にある水分を吸い出してどろ〜っとなるため、里芋パスタを外す作業が大変だったようだ。夜間外しやすくするために、小麦の量を多めにし、少し硬めに作ることにした。

里芋湿布を続け始めると、父の肌がかぶれ始めたので、ごま油を患部に薄く塗り、その上から里芋パスタをすることにした。

褥瘡（床ずれ）には「生姜湿布」（作り方は151ページ参照）

退院してきたときの父の褥瘡はとても酷い状態だった。これを改善するには生姜湿布がよく効く。退院後一ヵ月足らずで、目に見えてその効果が分かった。

左ページのイラストを参照してほしい。

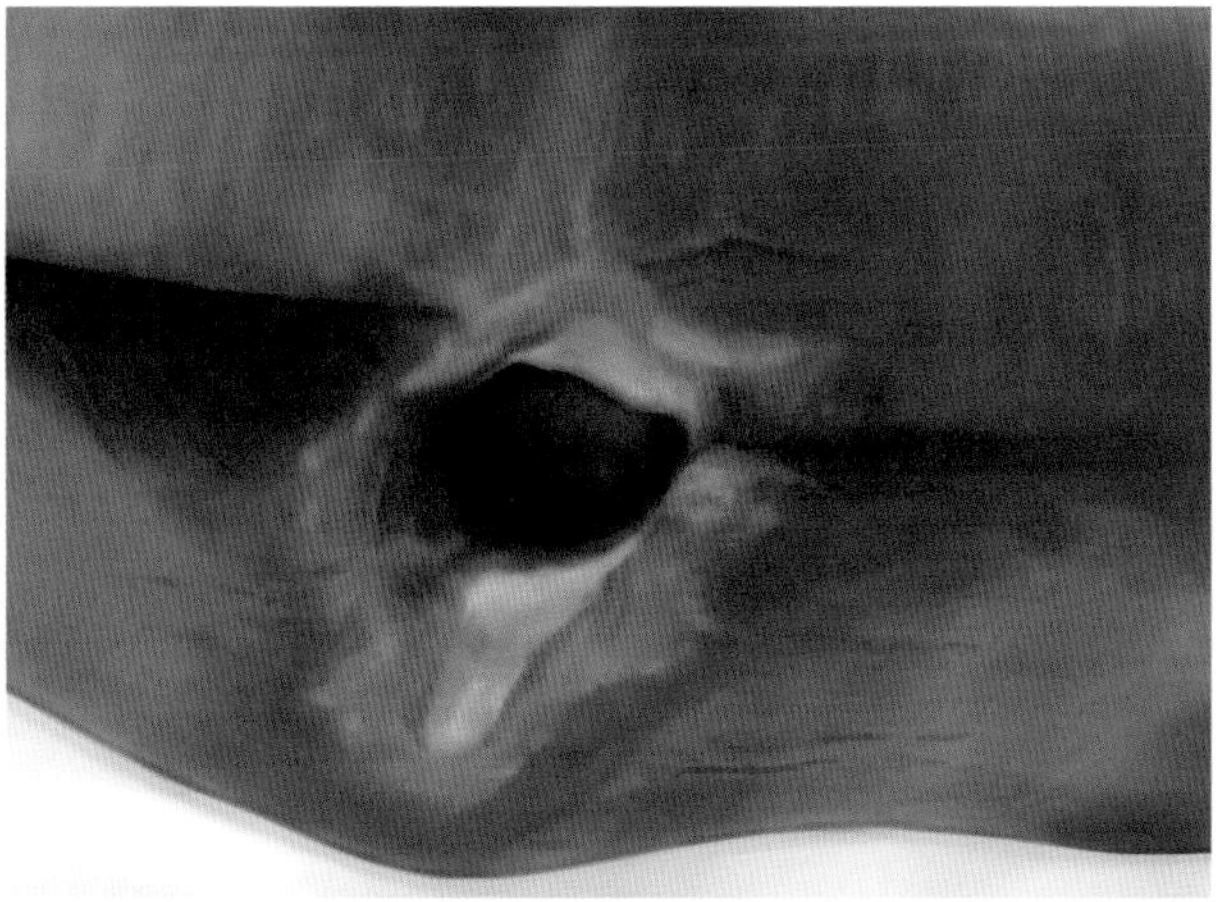

2020年12月15日の褥瘡（イラスト）

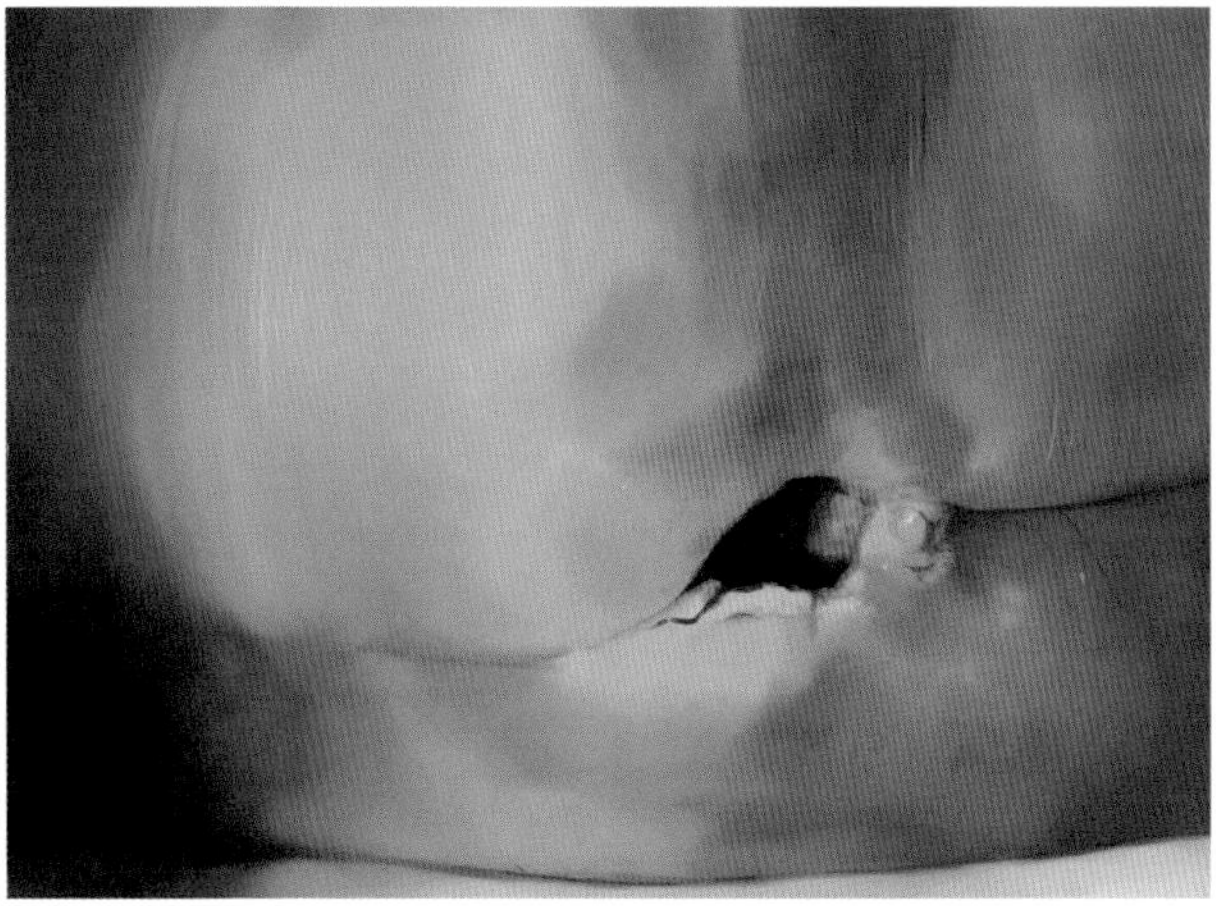

2021年1月23日の褥瘡（イラスト）

中から肉が少し盛り上がってきて明らかに状態が良くなっている。こんなに短期間で効果が出るとは私も思っていなかったため、訪問看護の方も、「あり得ません」と言う言葉を連発していた。褥瘡は一旦できると完治させることがとても難しく、特効薬もないためどうすることもできないとのこと。また、皮膚が化膿しているため一般的にとても悪臭があるとのこと。父も退院当初は臭いがきつかったようだが、すぐに臭いもなくなった。訪問看護の方々はとても不思議がっていた。

「生姜湿布」は「手当て法」の一つ

マクロビオティックの手当て法の一つに生姜湿布というものがある。痛みや傷の原因は、その部分の血液が濁っているために出る症状と言われている。生姜湿布は綺麗な血液を患部に集め、体の再生能力を高める効果がある。褥瘡にはとても効果的だ。

私自身、体質改善をしていたときに酷く悩まされた湿疹の痒みは、どんな塗り薬よりも生姜湿布が一番効いた。

父の褥瘡の部分には絆創膏のようは大きなパットが貼られていたので、そのパットの上から生姜湿布を三〇分ほど行った。仙骨上にできている褥瘡の患部のみに生姜湿布をしているのにもかかわらず、太もも部分まで温かくなる。

褥瘡への生姜湿布は高熱が出ない限り毎晩続けた。

私の経験上、生姜湿布をするときはかなり熱くて、火傷する一歩手前が一番効果を上げる。このことを何度も看護師と母に私が言うものだから二人とも気合いが入り、父は患部が熱すぎてベッドの柵を何度も叩いたらしい。これも慣れてくるとなんてことはない。

尿が全く出ずに緊急搬送

三月十一日、お腹に痛みを伴う張りがあり、尿が全く出なくなった。下腹部に生姜湿布をしたが効かない。夕方、訪問看護の所長が来てくれて、管を尿道に入れることができ、尿が出た。でもこれ以降、尿は出ることができず、緊急搬送になった。

病院で泌尿器科の先生が管を入れてくださり、とても色の濃い汚れた尿が出たようだ。尿道が狭くなっており、細菌感染したのだろうということだった。

炎症値も高いので入院して様子を見ることになった。この日から父は尿道に管を入れる生活になってしまった。これで父は体に二つ目の管がついた。

父の闘病を間近で見ていると、現代医学の力を借りないと、もはや、父は生きていくことが難しいのだと再認識することがある。

私はできるだけ自然にまかせて、食べ物の力、体の陰陽のバランスを見てマクロビオティック介護を推し進めてきたが、自分の信念がうまく父の現実と噛み合わず、時に現実を受け入れるのが非常に難しかった。

二週間後、コロナ禍での退院

三月二十六日、二週間の入院から父は退院してきた。夜間来てもらっている看護師のこの日の報告書には、〝意識レベル低く、目の焦点も合っていない、覇気が全くない〟と書かれていた。

手足には浮腫があった。そして下痢が続いていた。乾燥を防ぐためか口の中にワセリンのようなゼリー状のものが塗られていて、口の中は蜘蛛の巣を張ったような状態、そして股間にはカビが生えていた。さらに褥瘡は在宅介護を始める前よりもひどい状態になっていた。

このとき、病院はコロナを警戒して面会謝絶になっていた。病院の看護師の人数が足りておらず、患者のケアに手が回っていないとは聞いていたが、それにしてもひどい。

父のあまりに悲惨な状態を見て母は泣いたと言う。

入院中はずっと下痢が続いていたようだが、「梅醤番茶」を多めに管を通して飲んでもらうことですぐに止まった。

下痢や血圧が低いときには「梅醤番茶」（作り方は146ページ参照）

梅醤番茶は下痢や血圧が低いときに飲むとよく効く。陰性タイプの方にとても合う。体を温めながら、体を陽性よりに調整してくれるイメージだ。朝、起きるのが苦手な方は、梅醤番茶を起きてすぐに飲むと体が動きやすくなる。夏の冷房で体が冷える方、冬の寒い時期体を温めたいときに重宝する。

父の場合は玄米クリームに梅醤番茶を混ぜて入れていた。二日酔いの倦怠感《けんたいかん》と頭痛にもてきめんに効く。

現代栄養学とマクロビオティック

一日の摂取カロリー、塩分、カリウム、ビタミン等、現代栄養学で推奨されている数値がある。マクロビオティックや食養をやり始めると、現代栄養学と折り合わないところが必ず出てくる。

父は病院から出された経管栄養剤が体に吸収されず、下痢が続き栄養失調になった。経管栄養剤には、濃縮されたブドウ糖や人工的に作られたビタミン剤が含まれており、カロリーも高い。現代栄養学で推奨される栄養が全て入っているのだ。しかし、体にどれだけ吸収されているのか、とても疑問に思う。

玄米クリームは日本古来より受け継がれてきた起死回生の食事と言われるだけあって、体への吸収率は抜群だ。玄米は土の上に撒くと芽が出る。それだけ生きた種のエネルギーにあふれているのだ。現代栄養学では説明のつかないことがたくさんある。

私は病み上がりに玄米クリームを食べた経験がある。体に玄米の優しさが染み渡る感覚が今でも忘れられない。これは体感してみないと絶対に分かり得ない感覚だと思う。

栄養がバランスよく摂れているかどうかは肌の質感、顔色、髪の毛、便の状態を見ればすぐに分かる。何よりその人自身が自分で体調の良さを実感できるはずである。

第三章
マクロビオティックで試行錯誤の日々

再び消化不良を起こす

退院して一週間ほど経った四月上旬、経管栄養の一回の量が多いのか、また父が消化不良を起こしているようだ。茶色の液体が胃から引けたと看護師から報告があった。注射器でお茶や玄米クリームを直接管に入れて胃に流すため、ゆっくり時間をかけて入れてもらうようにお願いしてはいるが、調子が悪いと父は消化不良を起こすようだ。

今回はなんとか解決を試みるべく、色々とネット検索をしてみたところ、点滴と同じ要領で手作り栄養をボトルに入れて少しずつ管に流せるものを見つけた。これであればゆっくり時間をかけて管に入れて食べてもらうことができるため、父の負担が減ると思い、看護師にも相談し使ってもらうことになった。これ以降は消化不良を起こ

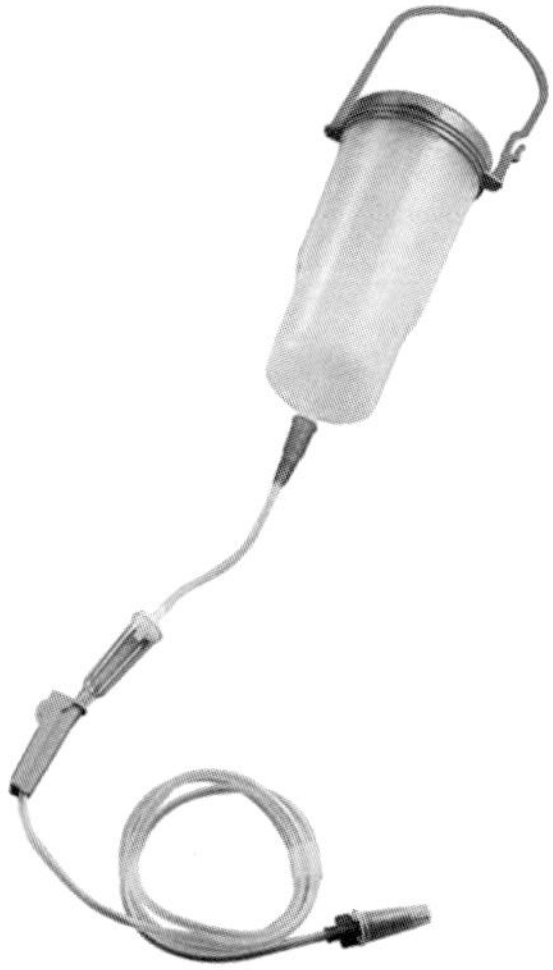

手作りの栄養を入れる時に使ったもの

し、胃の内容物が引けることはなくなった。

熱の対処法と解毒

三月末に父が退院してから、およそ一ヵ月後の四月末位まで、毎日梅醤番茶を経管栄養に入れてもらい、また玄米クリームは基本に忠実に作るようにした。非常に衰弱していた体を養生するためだ。

梅醤番茶のお陰で下痢はすぐに止まった。

五月、六月の午前中、体温は三七度前半で、午後になると三七・五度以上になり、夕方から夜になると三八度になる日が続いていた。特に六月は三七・五度以上の熱が二六日間もあり、そのうちの一〇日間は三八度以上の熱が夜になると出ていた。

六月は一ヵ月のうち、ほとんどの日は熱が出ていたことになる。これを何とか改善したくて、私は頭を悩ませた。

体内で何か炎症が起きているようであれば地竜が効くと考え、熱が高くなる夜に必ず地竜を服用してもらうようにした。

一般的にマクロビオティックでは、夜上がる熱は陽性の熱と判断する場合が多い。父が昔に食べたものを振り返ると魚が多く体に入っているため、夜は玄米クリームの中に大根の絞り汁（大根湯）を取り入れるようにした。

また同時に、無農薬無肥料の完全オーガニックオレンジジュース五〇ミリリットルを二回に分けて毎日管を通して飲んでもらうようにしていた（オレンジジュースは陰性食品になるため、便の様子を見て、オレンジジュースを中止する日もあった）。

熱が三八度以上になった夜はこのような対応をしたため、夜中に大汗をかき、朝には三七度に必ず下がるという傾向を繰り返した。

熱で体も弱っており、血液検査でもまだアルブミンの数値（二・一）がかなり低かったため、造血作用がある鯉こくを作ることにした。

動物性のタンパク質を溶かす「大根湯」（作り方は146ページ参照）

陽性の高熱のときや古い動物性のタンパク質を溶かすのに、大根湯はとてもよく効く。

特に魚のタンパク質を溶かすのに力を発揮する。

昔から魚の刺身に大根のつまが付いているのは理にかなっている。ただし大根の絞り汁はお湯で割ったとしても、とても癖があるため非常に飲みにくい。時には、吐いてしまう場合があるので注意する必要がある。

中庸に近い「鯉こく」（作り方は145ページ参照）

基本的に、私が実践しているマクロビオティックでは動物性のものを摂らないことを原則としているが、一時的に急場をしのぐために使うこともある。

鯉はナトリウム（陽性）、カリウム（陰性）の比率が植物に近い。そして鯉こくを作る際に大量のゴボウを入れるため、陽性よりの料理だが中庸に近いと言われている。

天然の食用鯉があれば最高なのだが、なかなか手に入らないため、養殖の食用鯉をオンラインで購入した。長野県の郷土料理とのことで、長野県佐久市から送ってもらうことにした。

これは、生きた鯉をそのまま送ってくれるサービスで、家でさばいて鯉こく作った。

ただ、狭い箱に生きたまま一日以上入れられて送られてくるため、鯉もストレスがすごいだろうなと思った。そのため、次からは、予めさばいたものを送ってもらうことにした。

最初は一番小さい鯉を購入し、作ることをお勧めする。鯉とゴボウを同量にするため、鯉が大きいと必然的にゴボウの量も多くなり、大きな圧力鍋一つでは足りなくなるのがその理由だ。

父の場合、経管栄養として管に鯉こくを入れることになる。鯉こくが出来上がったらミキサーにかけ、それを布で絞り、液体と具材の塊に分ける。液体のものを小分けにしてそれを冷凍する。残った具材の塊は実家の老犬のご飯にした。基本的には鯉こくは作る過程でネギを入れるが、私の場合は犬が食べることを考え、ネギの代わりに大根の絞り汁をネギの分量だけ入れることにした。

鯉こくは一日九〇ミリリットルを三回に分けて父に摂ってもらっていた。五月一日からちょうど一ヵ月間、父の体に入れることができた。

表のアルブミンを見てほしい。鯉こくを入れ始めたのが五月一日から一ヵ月間。五月

2匹分の鯉こく

鯉こくを管に詰まらないように漉す作業、
でき上がるまで2日間かかる

十四日にはアルブミンが〇・一上がり、T・Pは〇・八上がっている。しかし、六月十一日のアルブミンとT・Pの結果は、退院してすぐの血液検査よりも下がっていた。

食養の世界でよく言われていることだが、体が自力でどこかの部分を治そうと自然治癒の力が働いたとき、体は膨大なエネルギーを必要とする。

父には鯉こくの栄養が間違いなく効いていると確信していたが、この栄養はダメージを受けた体を修復するのに使われていたのだと思う。そのため血液検査に反映されない。ただ、父は寝たきりとは思えないほど肌の色艶も良く、排泄も問題なかったため、訪問看護師の方々からはいつも褒めてもらっていた。

検査結果の推移（2）　※抜粋

	推奨値	入院 2003/11/21	退院 03/25/21	2004/9/21	05/14/21	2006/11/21
アルブミン（栄養）	4.1-5.1	2.6		1.9	2.0	1.8
T・P （総タンパク）	6.6-8.1	6.0	5.0	6.1	6.9	5.9

耳に表れた腎臓の負担

腎臓の機能が低下すると耳たぶが萎み横線が沢山入る、そして全体的にシワシワになり、耳が小さくなる（内むきに小さくなっていく人が多い）。

三月の入院から父は尿が出なくなり、尿道に管がついた。

入院前の父の耳はまだ生命力があった。今回は腎臓に相当な負担がかかったのだろう、父の耳たぶは萎んでいた。耳はその人の生命力を表すものだ。

腎臓の手当てとして小豆カボチャを父に摂ってもらうこと、さらに、腎臓へ生姜湿布（作り方は151ページ参照）を試みることにした。どれだけ父の耳が回復するか楽しみだった。

腎臓の手当てに「小豆カボチャ」（作り方は144ページ参照）

小豆カボチャを作る際は、水をより多めにした作り方にして、腎臓に働きかけるようにしている。経管栄養の管に入れるため、出来上がったものをミキサーにかけた後、目の細かい網でこす。そしてそれを小分けにし、冷凍する。小豆カボチャは五月以降、毎日欠かさず摂ってもらうことにした。

この頃の食事は、前からの食事（玄米クリーム、玄米甘酒、オレンジジュース、小豆茶、一日一回の経管栄養剤）に、鯉こく（鯉こくがない場合は味噌汁）と小豆カボチャ

小豆カボチャ

を加えた（表参照）。

手当てとしては、朝と夜は褥瘡と腎臓への生姜こんにゃくシップ、肺への生姜湿布、里芋パスタを高熱が出ない限り、ほぼ毎日行った。

マクロビガールのアヨンちゃん

私の姪は母胎にいるときから生粋の玄米菜食で育っている。現在四歳。お味噌汁と玄米ご飯さえあれば、ハッピーで毎日元気一杯だ。好物は蓮根とブロッコリー。内臓がとても元気なのか、お昼寝が必要ないようだ。

これはマクロビオティックで育っている子に共通していることだ。細胞が元気なため、ダメージを受ける細胞が少なく、昼寝は必要がないのだろう（寝

この時期の1日の食事内容

	玄米クリーム	経管栄養剤	甘酒	鯉こく	お茶	小豆かぼちゃ	白湯	オレンジジュース	地竜	手当て
6:00	300		200	30	100		50	50	50	褥瘡と腎臓の生姜湿布
10:00	300	400	200		150	50	100			
13:00	150			30	150		200			
17:00	200		170		250	50				
20:00	500		150	30	250		100			肺への生姜湿布、里芋パスタ。褥瘡と腎臓への生姜湿布

ている間に細胞は修復すると言われている）。母である私の妹は少々大変そうだ。

さて、この子が不思議なことを言い始めた。

「じいじは、喉が痛いけどいろんな人が喉を突っつくから、それがすごく嫌なんだよ」

パーキンソン病で、思うように意思表示ができない父に代わって言っているようだ。

びっくりして、早速父に聞いてみた。喉の痛みがあるかという問いかけに頷いていた。

痰を吸引する際、口から管を入れて喉のあたりに溜まっている痰と唾液を吸引する。家族が痰を引くときに、喉を突きすぎて傷ができているようだ。

確かに、私が父の痰を吸引をしようとするとき、父は口を閉じて私に吸引させないように抵抗していた。看護師に確認してもらうと、父の喉は赤く腫れていた。

正食医学で有名な故O先生は、「穀物菜食を続けていると直感力が磨かれる」と言っている。アヨンちゃんは生粋の玄米っ子のため、この力は凄いものがあるのだと感じる。

この頃から、父の体調で私の中で答えが出ないときは、アヨンちゃんに聞くこともたびたび出てきた。「アヨン先生！」ってお願いすると、嬉しそうに答えてくれる。とても可愛い姪だ。

我家の蜂蜜の使い方

父の喉の痛みの改善については、蜂蜜を塗ってもらうように看護師にお願いした。また、家族が使う吸引するための管は、子ども用に使う先端が丸くなっているものに変更した。

蜂蜜は嗜好品で、毎日摂るものではなく、喉に炎症があるときにカレー用のスプーン一杯を日に一～二回舐める。そうすると、だいたい三日もすれば治る。父もしばらくは喉の痛みがあるようだったが、次第に痛みの訴えはなくなり、看護師からの報告にも書かれなくなった。

蜂蜜も本物は市場に出回らなくなっているため、厳選されたものをお勧めする。

報告書の作成と看護師たちとの連携

以前より、日中の訪問看護師と夜間の看護師は、訪問するたびに何を経管栄養に入れ、どのような措置をしたか、また父の血圧、酸素濃度、熱、尿量を報告書に記載し、それを全員で共有してもらっていた。

五月末に、もともとあった手書きの報告書から少しバージョンアップしたものを私の方で作らせてもらった。医者の往診日やお風呂の日の状況を記載してもらうスペースも作り、短時間で記入できるように工夫もした。看護師の方々からはとても喜ばれた。

五月末からは、毎日夜七時に出勤してくる看護師から私宛にその日の報告書をＬＩＮＥで送ってもらうことになった。その報告書を見て、その夜と次の日の朝の食事内容を決めた。この報告書のおかげで父の状態がより明確に分かるようになった。それまでは母に日中の状況を口頭で聞いていたため、断片的な情報も混じり、包括的な判断ができない場合もあったからだ。

日中の訪問看護の方が書くメモは、父の状態を知る上でとても参考になり、夜中の看護師のメモも、夜中に父がどんな状態になるのかも知ることができて、父の容態をしっかり把握できた。

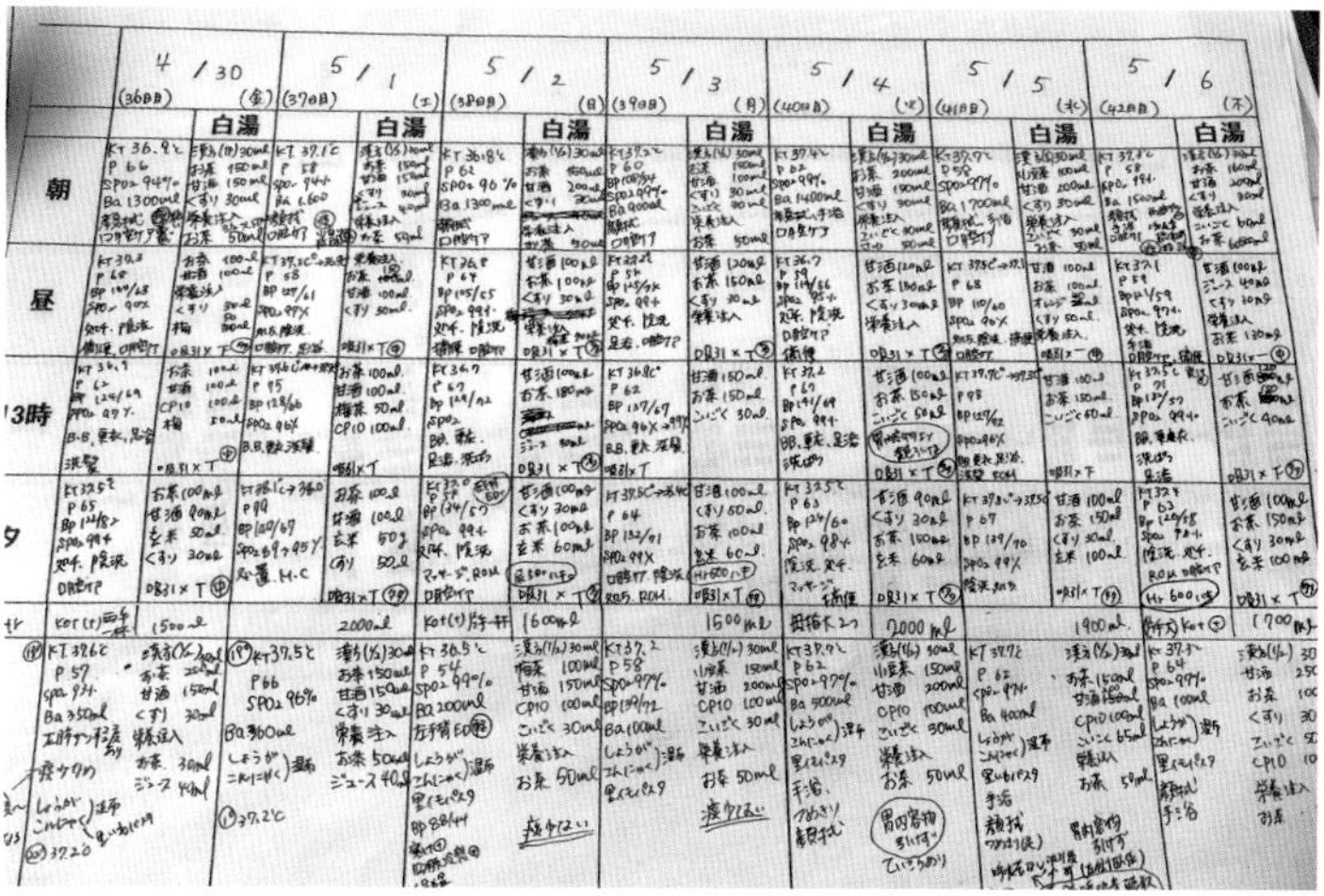

初期の報告書のフォーマット

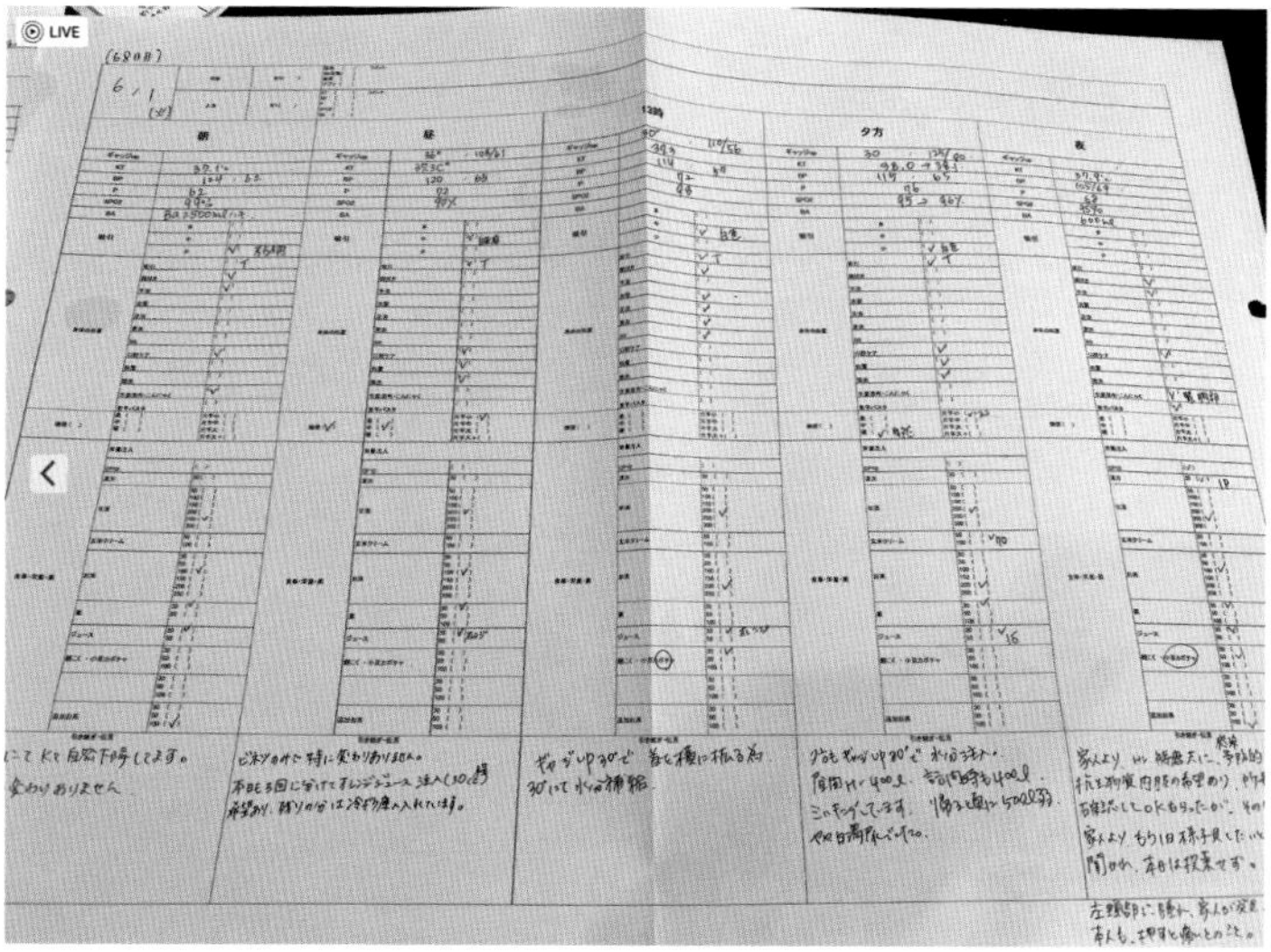

バージョンアップした報告書のフォーマット

植物性たんぱく質豊富な味噌汁

六月に入った。鯉こくも全て使い切っていたので、味噌汁を作ることにした。まだまだ父の体が陰性気味なため、昆布だし一〇〇パーセント、私の手作りの玄米味噌を使うことにした。二年寝かせているため、とても味わい深い。

味噌汁は植物性たんぱく質が豊富、造血作用もあるため、今の父にはとても合うはずだ。野菜は入れずに最後に生姜の

手作りの玄米味噌、たまり醤油ができている

絞り汁を入れた。

味噌汁は出来上がったら網で漉して、父の管が詰まらないようにした。

初めて父用に作った味噌汁は、自分で言うのもおこがましいが、私の人生で一番美味しいと感じた味噌汁だった。具なしなのに、目を見張るような美味しさだった。鯉こくの代わりに一二〇ミリリットルの味噌汁を一日三回に分けて父に摂ってもらうようにした。

誤嚥性肺炎になっていた可能性

父の在宅介護の経過を本にすることを決めてから、血液検査結果と父の熱の数値の分析を行った。その結果、父は四月から六月にかけて、誤嚥性肺炎になっていた可能性が非常に高いことが分かった。

高齢者は気がつかずに誤嚥性肺炎になっていることが多いという。通常、高齢者は三七・五度以上の熱、CRP（炎症値）、レントゲンで誤嚥性肺炎を診断されるようだ（体内に炎症があると、白血球にも変化が出るため表に載せている）。

誤嚥性肺炎であった可能性を裏付ける根拠が二つある。

一つ目は、検査結果の推移（３）を見てみると、ＣＲＰ（炎症値）が四月から六月は異常に高いが、八月には推奨値内ではないにしろ急激に下がっている。

二つ目は父の熱を出す頻度だ。以下の表を見ていただくと分かるが、五月はひと月のうち七割は三七・五度以上の熱があり、六月はほとんどの日が三七・五度以上の熱で、そのうち三日に一回は三八度以上になる。

ただ、この熱も八月はお盆を過ぎたあたりで三七・五度以上の熱が出る日が全くなくなり、平熱に戻った。

この時期の看護師のレポートには、「肺の呼吸音が聞き取れない」もしくは「弱い」「ガサ音が肺から聞こえてくる」と書かれている。呼吸状態が悪くなるときもあったようだ。これが、生姜湿布

検査結果の推移（3）　※抜粋

		入院				退院					
		03/11/21	03/15/21	03/19/21	03/22/21	03/25/21	04/09/21	05/14/21	06/11/21	08/13/21	10/07/21
CRP（炎症）	0.0-0.14	11.6	3.2	1.9	1.9		7.8	6.3	4.2	0.7	0.8
WBC(白血球)	3.3-8.6	29.7	8.7	8.6	9.0	6.7	5.6	11.6	8.8	6.7	6.2

と里芋パスタをするとガサ音も消滅し、痰も大量に回収でき、呼吸も安定すると、ほぼ毎日のように記載されている。

マクロビオティックの陰陽に基づいた食事法は続けないと意味がなく、短期的に効果の出るものではない。二～三ヵ月続けて、初めて目に見えて成果が出始める。

今回の父の誤嚥性肺炎も、陰陽に沿った食事をひたすら地道に続けることで、体の免疫力が増し、自然治癒したのだと思う。ただ、この間の父の痰の具合を鑑みると、生姜湿布、里芋パスタの手当て法の力がないと乗り切れなかったと思う。毎日休むことなくコツコツと生姜湿布と里芋パスタをすることは膨大な労力がいる。その日々の看護師の方々と母の努力が、父の危機的な状況を何度も救ったのだろう。

改めて生姜湿布、里芋パスタの効力に驚かされ、そして自然の恵みに感謝の気持ちが湧く。

高熱が出た日数

	5月	6月	7月	8月
38度以上	7日	10日	1日	1日
37.5度以上	19日	26日	7日	4日

症状の陰陽判断を間違う

七月に入った。父の介護で疲弊している母に少し休暇を取らせるため、私が帰省することになった。

六月十一日の血液検査が、その前の月よりアルブミン値が低かったため、六月七日より始めていた味噌汁を止めて鯉こくを入れてみることにした。二日がかりで作った鯉こくを、七月一日から父の経管栄養に入れ始めた。

夜の看護師が、父の経管栄養の管から鯉こくと思われるものが逆流しているのを発見した。そしてその夜、三八・四度の熱が出たため、食事はなしで水分とパーキンソン病の薬のみを注入してもらった。幸いなことに、夜はイビキをかいて寝たようだ。

次の朝には三七度まで熱は下がった。ただ、その日のお昼位から父の眉間にシワが深くよっていることに気がついた。表情も硬く苦しそうだ。明らかに陽性の症状だ。この時期の高知県は季節が梅雨時期から夏に入りつつあった。体も気候の影響を受ける。

この時期に私が陽性の動物性食品、鯉こくを入れてしまったため、体が極度に締まり父を苦しめてしまった。私が陰陽の判断を間違えてしまったため、このような事態になってしまったのだろう。体の陰陽の判断を間違うと、患者にとても苦しい思いをさせてしまうという故O先生の言葉が頭によぎった。

鯉こくをすぐにストップし、オレンジジュースを入れて体を緩《ゆる》めるようにした。けれども、父の体を中庸に戻すのには時間がかかった。

その後、急に気管支および喉が締まるようになり、父の呼吸が荒くなった。そして、酸素の取り込みが悪くなる事態が三日ほど続いた。さらに、その後も何度か同じような状態が続いたが、その際は喉に生姜湿布をしてもらうと気管が広がり、呼吸状態が正常に戻った。母や看護師の間に、かなりの緊張が走ったようだっ

7～9月のある1日の食事内容

	玄米クリーム	ソーメン	経管栄養剤	麦甘酒	味噌汁/キャベツスープ	小豆カボチャ	カワラヨモギ茶	白湯	オレンジ	キャベツ絞り汁	手当て
6:00	400			150	50		200	100	80	30	褥瘡と腎臓の生姜湿布
10:00			400			50	100	100	50	20	
13:00				200	30		200	100	40	30	
17:00	110			100	60	50	200		50	30	
20:00		200		200	70		250	100	50	30	肺生姜湿布＆里芋パスタ、褥瘡と腎臓の生姜こんにゃく湿布

た。私も気が気ではなかった。

緊急時は生姜湿布が効果てきめんだ。夜間の看護師にも呼吸が苦しくなるようであれば、生姜湿布をすぐにしてもらうようにお願いした。

鯉こくと言えど、動物性食品に変わりはない。昔から急場をしのぐために使われてきた威力ある料理だ。動物性食品で体を陽性にした場合、植物性の食品で陽性にもっていくのとは違い、かなり突発的な症状が現れるのだと、とても勉強になった。一回、動物性を使い体のバランスを崩すと、元の中庸にもっていくために、陰性のものを摂り入れるしかなく、バランスを元に戻すのに非常にてこずった。

今、当時のことを振り返ってみると、私の精神的な未熟さが招いた結果だったと感じる。

マクロビオティックで体を整えていくことは時間がかかる。

体が変わっていく過程で現代医学の検査数値と実際の体の状態に時間差が生じることは頭では理解していた。

しかし、いざ父の悪い検査数値を前にすると恐怖心が先に立ち、正しい判断ができなかったのだ。

七月十日、実家から東京に戻ってきて一週間を経たずして、暑さが急に増してきた。高知の夏はとても蒸し暑い。この湿度の異常とも言える高さは持病のある方には倦怠感が増して、とてもつらいことだと思う。

早速、全ての食事と飲料を陰性よりにすべく、食事を見直すことにした。

夏仕様の「玄米クリーム」（作り方は142ページ参照）

真夏になると外からの影響で陽性よりになる。

玄米クリームの作り方を見直した。

玄米は拭かずに洗う。きつね色になるまでフライパンで炒る作業は省いた。洗った生のトウモロコシと麦を加えて五時間土鍋で煮る。そして出来上がったものをハンドミキサーにかけた後、絞る作業をした。

陰性に仕上がったため、出来上がりは通常の玄米クリームより、はるかにねっとりとして（陰性の性質）、絞る際に手のひらにべっとりと玄米がつき、いつもの倍以上の時間と力が必要だった。

玄米クリームを絞りながら、父の痰も陰性の痰だと、こんなにねっとりとした状態になるのだろうなと想像できた。

夏仕様の「味噌汁」（作り方は144ページ参照）

この時期、かなり陽性に傾いていたため、味噌汁は昆布と椎茸の出汁の割合を、昆布二：椎茸八にし、味噌は麦味噌一〇〇パーセントにした。痰が多いことも考えて、れんこんと生姜の絞り汁を入れた。

よく煮出した「カワラヨモギのお茶」（155ページ参照）

七月に入り段々と暑くなってきた頃、父の尿がとても臭い、色も濃い日が続いていると看護師から報告があった。これは陽性の症状かつ、肝臓が暑さでフル回転している症状と言える。父の場合は長年、パーキンソン病の薬を飲んでいるため肝臓への負担が大きい。こういう症状のときにはカワラヨモギのお茶がとても合う。漢方薬店で購入し、よく煮出したものを服用させた。

尿の色、臭い共に一週間ほどで改善された。夜中にもこのお茶と白湯を多めに入れてもらうようにお願いした。このお茶は高血圧にも非常によく効く。

「キャベツジュース」と「キャベツのスープ」（作り方は149ページ参照）

葉物野菜は陰性よりの食材だ。特にキャベツにこだわる必要はないが、この時期に有機野菜で新鮮な葉物野菜はキャベツだったため、父の陰陽のバランスを取るためにキャベツを煮出してスープにしたものと、キャベツを絞ってジュースにしたものを使い分けた。

真夏のかなり暑い日にはキャベツのジュースを、それ以外はキャベツのスープを入れてもらった。

夏には「ソーメン」（作り方は150ページ参照）

穀物菜食を実践されている方は分かると思うが、真夏は玄米がかなり重く感じ、全く食べたくなくなる。食べても美味しいと思えないのだ。

夏にソーメンや冷麦、冷麺を食べたくなるのは体の自然な反応と言える。

看護師の報告から、父が毎日、汗をたくさんかいているようだったので、ソーメンを作ってみようと思った。特に暑い日は、玄米クリームの代わりにソーメンを夕飯として管に入れてもらった。ただ、ソーメンは陰性が強いため、夕方だけとはいえ連日ソーメンを入れるのは私には抵抗があり、父の様子を見ながら慎重に管を通して食べさせるようにお願いした。

季節を感じられる昔からの食材のため、口から摂ることはできないが、生姜と胡麻がきいたソーメンで父がこの暑い夏を、香りで感じてもらえればと心を込めて作った。

麹一〇〇パーセントの「甘酒」（作り方は148ページ参照）

玄米甘酒は中庸な食品であるが、真夏の間は穀物菜食の人には重く感じる。そういうときは、米麹、麦麹一〇〇パーセントの甘酒がとても入りやすい。米麹でできる甘酒は玄米甘酒よりも糖質が多いため、痰が出やすい父には向かないが、麦はとても合った。ただ、麦麹は癖があるため、味見をした母には不評だったようだ。ヨーグルトを作る機械（ヨーグルティア）に、一〇時間以上麦麹と水を入れて放置しておくだけで麦甘酒は完成する。それをミキサーにかけ、網で漉してから父の経管栄養として使った。他の玄米麹、米麹も同じ要領でできる。

通常の甘酒は麹と炊いたご飯を混ぜて作るが、麹一〇〇パーセントでも甘酒はできる。甘みが控えめでとても美味しい。

里芋が手に入らない時期の「里芋湿布」

夏の時期は里芋が採れず、スーパーでも見かけることがなくなる。その場合は、里芋湿布用の里芋粉が自然食品店で手に入るので、それを使うと良いと思う。ただ、里芋粉のみだと加工しているため、皮膚下の毒を吸い出す力がかなり弱い。その際はキャベツと小松菜をみじん切りにしたものとじゃがいものすりおろしを、この里芋粉に混ぜて使うと、酵素の力で里芋そのものと同じ効果の毒出しができる。

ここからは父ではなく私の体験談だが、八月に左側の頬が熱を持ち腫れ上がったことがある。里芋粉のみで湿布したところ、多少腫れはマシにはなったものの、まだまだジンジンと熱を持ち痛みがある。それがキャベツと小松菜のみじん切り、すりおろ

したジャガイモを入れた里芋を使ったら、頬の熱がかなり軽減されたことがあった。そこで二日間、夜間問わず四時間おきにこの薬物入りの里芋湿布を行うと、頬の腫れは嘘のように引いた。

唸り声を上げ始めた父

ちょうど鯉こくを入れて体が陽性過多になったあたり、七月四日頃から父が唸り声を出すようになった。

パーキンソン病のため、思うように言葉を出すことができない父が、なぜ、「う〜」という唸り声を出しているのか、周りが察することが非常に難しいときがたびたびあった。

痰が気管に溜まり始めると、不快感から声が出ている場合もあった。この頃、自動ベッド（寝たきりのため、体勢を自動で変えてくれるもの）に交換したため、腰痛で声が出ていたことも理由の一つだった。

またこの頃、パーキンソン病も進行し始め、日中も舌が巻き込んだ状態になり、喉の奥に舌が落ち込んでいることがたびたびあった。

七月～八月のレポートには舌根沈下や呻吟が多く、時より、大声を上げるとの報告が頻繁に見られるようになった。医者に相談し、パーキンソン病の薬をさらに少し増やすことになった。夜中の一時から二時半くらいに呻吟が始まった際には、〇・五錠薬を追加すると三〇分ほどで入眠するようになった。九月に入ると夜中に声を上げることも激減し、良眠できる日が増えていった。

今思うと、父は前年十二月に退院してからの七ヵ月間、唸り声を上げなかった。私はなぜ七月から急に唸り声を頻繁に上げるようになったのか、ずっと疑問に思っていた。

この本を書くことになり血液データの検証と看護師の報告を再度見直して初めて気がついた。父は意思表示ができるほど、この時期を境に体力がついてきたのだ。

日々進行するパーキンソン病

父はパーキンソン病の薬を長年服用している。この薬はドーパミンを増やして体を動きやすくする。

二〇二〇年十二月に在宅介護を始めたときから服用していた量より、はるかに薬が増えてしまった。当初は一日三錠服用していたが、三月には三・五錠になり、七月には四錠に増えた。そして、八月後半には夜中に呻吟が多くなったことで〇・五錠増やし四・五錠になった。こんなに短期間での増量に母はショックを受けたようだった。

私は介護を始めた当初から、父のパーキンソン病を楽観的に考えていた。難病と言われるパーキンソン病を治すことは、もちろん不可能だと分かってはいたが、私は長年勉強してきた食養と手当て法で、父の不快な症状を軽減させることができると過信していた。しかし、薬が増える度に私の気持ちが萎える瞬間が何度も訪れた。

地竜を服用する時間帯

体内のウイルスや炎症を取るのに、地竜はとても効力があることは前述した。八月になると父は、穀物菜食で目に見えてふっくらしてきて、それに伴い体力がついてきていた。

夜、少しの微熱で地竜を入れると、体が元気になりすぎて眠れなくなることが分かった。眠れないと体が動くので痰も多くなる。夜間、看護師による度重なる痰の吸引で、父はかなりの体力を消耗する循環を生んでしまうことになる。

実は私にも父と同じ現象が起こっていた。地竜はミミズを乾燥させたもので、言わば動物性食品になる。普段から動物性食品を摂らない私は、この地竜を昼以降に服用すると体が元気になりすぎ、覚醒することで夜中まで眠れなくなった（昔、よく仕事時に服用していた栄養ドリンク剤を飲んだときのようになる）。私はそれ以来、地竜を服用する必要を感じたときは、必ず朝に服用するよう注意した。だが、それでも分量が多すぎると夜中まで寝付けなくなる。

七月以降、少しの熱では父に地竜を服用させることは控えるようになった。

萎みがなくなりふっくらし始めた耳

八月十五日を境に熱が全く出なくなった。真夏の暑い季節、体温調整を自分ですることとが難しい父でも、汗を毎日大量にかいていた。

三月に退院してから約三ヵ月以上、父の腎臓の手当て（腎臓の生姜湿布と小豆カボチャ、小豆茶）を毎日コツコツと続けていた。その効果が現れ始めた。

父の耳たぶの萎みがなくなり、ふっくらし始めたのだ。まだまだシワシワな部分もあるが、生命力を感じる耳になってきたと、誰から見てもその変化を感じることができた。それと同時に、白髪混じりの髪に黒髪が増え、看護師と母とで大喜びした。日々の努力が報われた気がした。

少しずつ良くなり始めた褥瘡

在宅介護が始まり、劇的に回復を見せていた褥瘡は、三月の緊急入院で元よりさらに悪い状態になった。しかし、そこから日々の努力を重ねて、劇的ではないが少しずつ良くなっていった。

褥瘡の経過

褥瘡	6/3/2021	6/16/2021	6/23/2021	7/6/2021	8/5/2021
表面穴の大きさ	4.38✖2.4	4.8✖1.57	4.2✖2.0	4.35✖1.85	4.0✖2.3
ポケット内	11.1✖6.88	10.3✖6.8	7.3✖7.6	7.81✖6.71	6.0✖5.3

注意：ポケット内とは褥瘡の入り口ではなく中の空洞の部分のことを指す

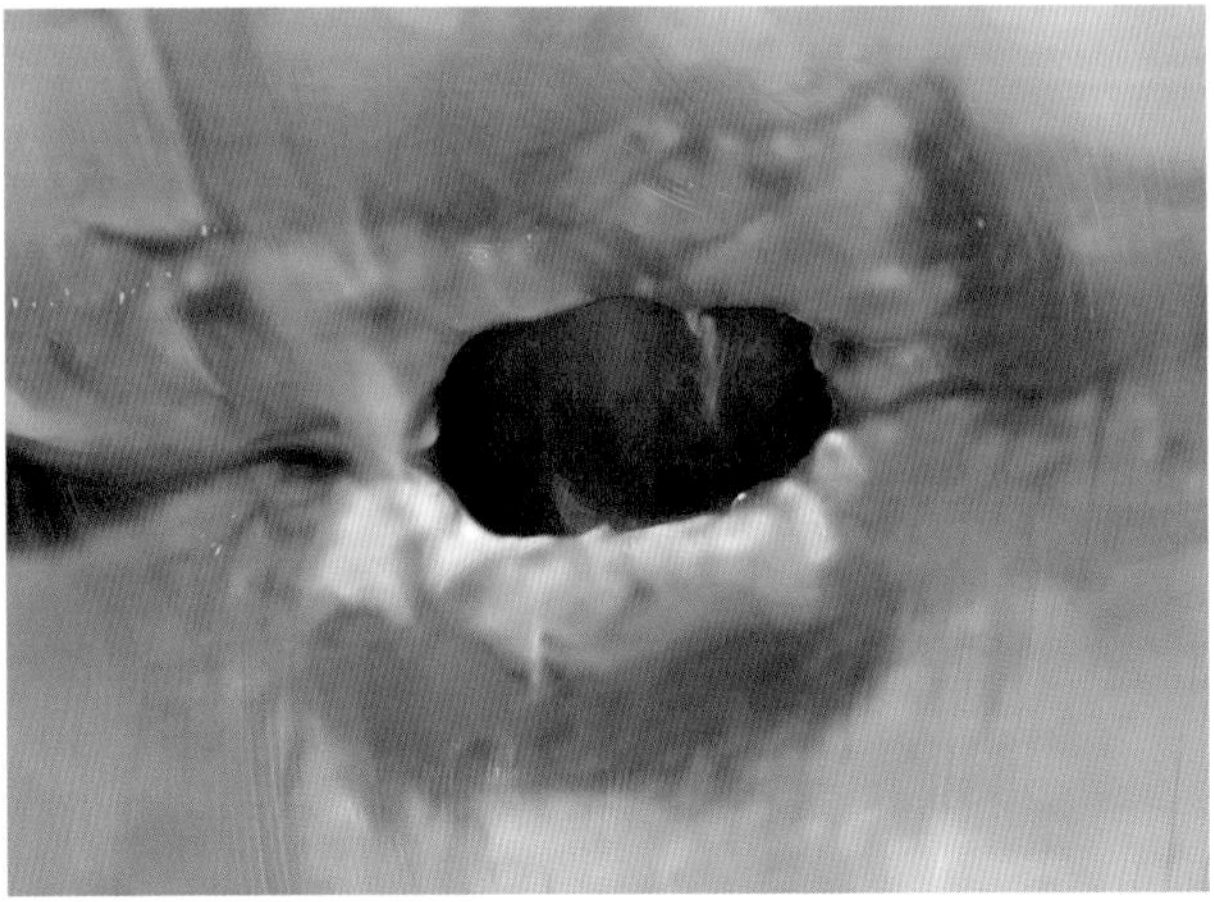

2021年7月の褥瘡（イラスト）

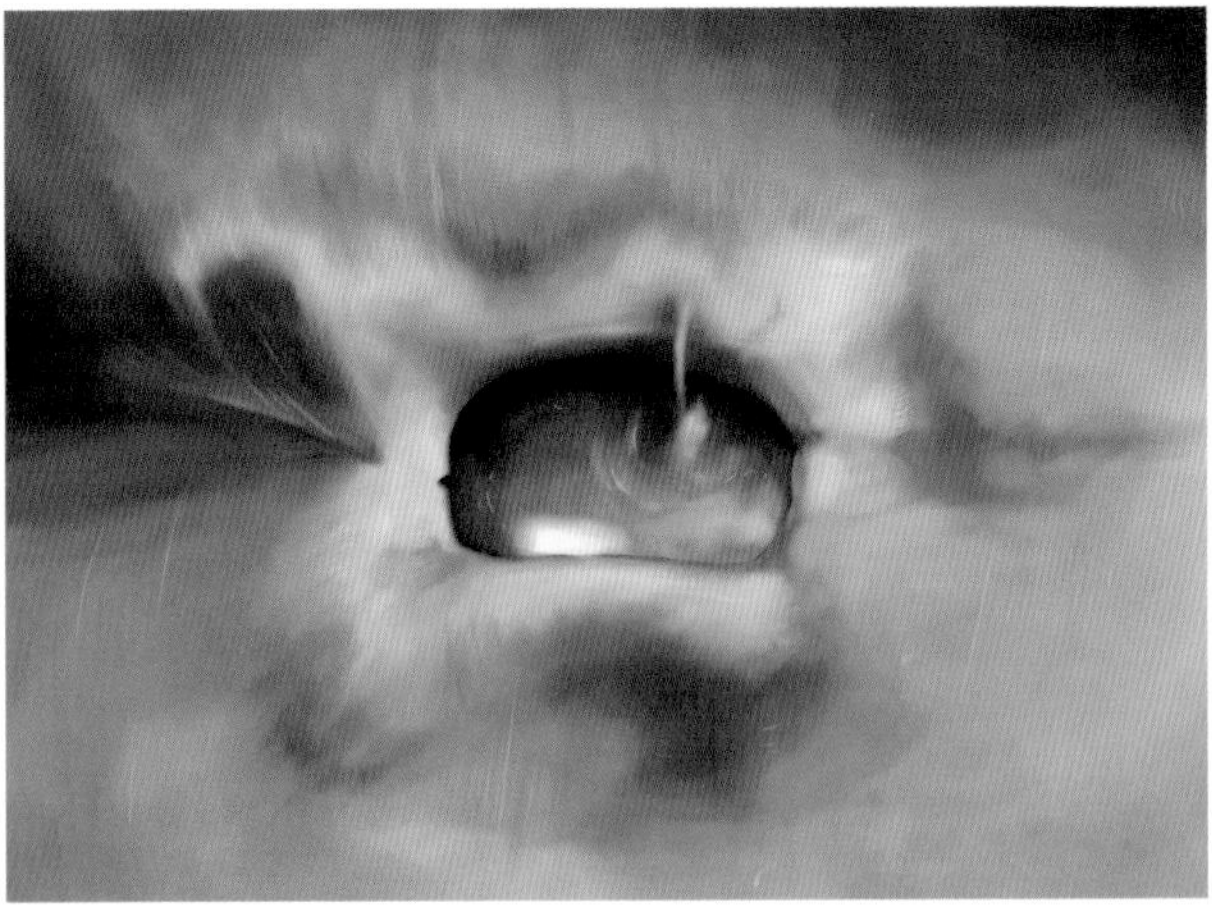

2021年8月の褥瘡（イラスト）

褥瘡が完治すれば、車椅子で台所にも行けるようになる。十二月には車椅子に乗れるようにするとの目標を持つことになった。

満月、新月周期、日食月食

持病がある方や寝たきりの方は新月、満月周期、日食月食のときに一時的に症状が重くなることがあると言う。

父がまだ自力で生活できていた頃、日食月食周期には体調が悪くなる傾向にあった。パーキンソン病の症状が強く出て、一時的に体が固まり動かなくなることがあった。例えばトイレに行った際に便座から立ち上がれず、こちらがサポートしようにも補助用の取っ手を握り締め、放すことができない（脳の指令が体に届かない）ことがこの時期にはたびたび起こった。また廊下で転倒してしまい、そこから体を起こすことができないこともあった。食欲が落ちてしまい、非常に痩せた時期もこの日食月食周期だった。

満月新月周期に関して注視するようになったのは、在宅介護を始めてからだ。満月、新月周期とは、満月（新月）当日の前四日、後四日が体に影響を与えると言われている。人間が産まれるのも亡くなるときも、潮の満ち引きと関係していると言われるくらいだから、体が敏感な方は感じる人も多いように思う。

父の場合は筋肉が萎縮し、固まる病気のためなのか、往々にして新月（閉まる力が働く）のときにその影響を受ける傾向にあったように思う。それも新月当日から後の四日に影響を受けていた。

三月に緊急入院したのも新月当日の二日後であった。

ただ、七月から九月に入ると痰が一時的に非常に多く、大声を上げ、夜眠れない日が続くときは、満月周期の後半だったりした。

体力がつき始めた七月以降になると、新月周期によって体が影響を受ける割合はかなり軽減されたように思う。看護師の方々のレポートを見る限りでは、新月周期での変化は感じられなかった。

第四章　コロナと誤嚥性肺炎からの生還

実家でコロナクラスター

十月二十七日水曜日、夕方17時に父の熱が三九度になった。いつもの時間帯に比べ尿の排出が少ないとのこと。尿道に管を入れているため、その管の入れ方に問題があるのではないかと案じる。しかし、夕方、K病院の医者が往診に来てくれたが問題はないとのことだった。夜の時間帯には三八・九度となり、体の硬直が激しくなった。

三月に細菌感染し、尿が全く出なくなり（まだ尿道に管を入れていない）、緊急入院したことがあった。そのときの悪夢が蘇り、母はとても焦っていた。次の朝、かかりつけのK病院を受診することになった。

十月二十八日木曜日、母から電話があり病院に行ったところ、父はコロナ陽性でコロナ病棟がある総合病院に緊急搬送されたとのこと。母と夜間来ていただいている看護師Aさん、そしてお勤めに来ているYさんもコロナ陽性となった。

まさにクラスターだ。全く予想していないことが起こった。私の心臓の鼓動が激しくなった。

十月二十九日金曜日、父の主治医から連絡があった。

昨夜は四四度の熱が出たが今は微熱、肺は薄っすらモヤがかかり始め、現在は酸素マスクが必要になっているとのこと。後にわかったことだが、これは誤嚥性肺炎のためにモヤがかかっていたのであって、コロナだからではなかった。

医者から、これから想定できることとして、一週間内で悪化するか、回復に向かうかが分かると説明があった。呼吸困難になった場合の延命措置について意向を聞かれた。そして悪化した場合、面会もできず最後は棺の前で（顔に透明のガードがされた状態で）、家族二名まで一〇分間の面会のみ許されるとのことだった。

私は不安と恐怖のどん底に落とされた。この話を、私は自分の中で留めておくことができなかった。自分の中で消化できず、あまりにもつらすぎて妊娠中の妹に話さずにはいられなかった。今思えば何て可哀想なことをしたのかと後悔している、完全に私の弱さだ。あのときの私は冷静さを失っていた。ただ、コロナ陽性になってしまった母にこのことを話すべきではないと咄嗟に思った。このときの私のできた唯一正しい判断だったと思う。

十月三十日土曜日、医師から私に電話があった。

母は六八歳と高齢なため、コロナが重症化した場合、命の保証はないとのこと。重症化を防ぐため、今から七二時間以内に入院し、抗体カクテルの点滴をするべきだと言われ、母を何とか説得してほしいと言う。

母も以前から私の影響で、マクロビオティックを実践していたため、私は母がコロナに感染していたとしても、地竜を飲み安静にしていれば治ると考え、お断りした。

人間誰しも命に関わる話をされると恐怖心が出てきて判断力が低下する。私がここまでマクロビオティックを実践していなければ、間違いなく母を入院させていただろう。

父のアルブミン値と栄養

父の入院から五日経過し、その間、毎日主治医が電話で父の状況を知らせてくれた。誤嚥性肺炎の症状のみでコロナの症状は出ていないとのこと。ただ、抗生物質と点滴で栄養を入れているため、下痢が止まらなく困っていると言っていた。そして、寝たきりの上にパーキンソン病末期なのに、アルブミン値（栄養の値）が健常者と変わらないため、普段、家でどんなものを経管栄養で入れているかと逆に質問された。

西洋医学を勉強されてきている医師にマクロビオティックの陰陽の法則を話すのは非常に躊躇したが、思い切って家で私が父のために作っているマクロビオティック料理と、陰陽の食事について簡単に説明した。

その結果、私の手作りのものではなくて、市販されている梅醤番茶（下痢を止めるため）であればと、病院で父の経管栄養に取り入れてもらえるように病院で掛け合ってくれることになった。私は代替療法に理解のある医師がいることに驚きを隠せなかった。

後から聞いた話だが、この主治医は総合病院に勤務しながら、山奥の小さい病院にも往診のために行っているようで、そこでは代替療法をされている患者さんも多く、一人一人の患者さんにあったやり方を尊重していくことが回復への早道だと考える先生だった。

父は感染病棟にいたため、入院から一四日経過後、病院側の配慮で私と父のオンライン面会ができた。その三日後には、私と母、三人でのオンライン面会が実現した。だが父は、二度目の誤嚥性肺炎にかかり意識朦朧としていた。しかし母の声が分かったのか、画面越しでも父が涙を流しているのが分かった。一人で心細い中、頑張っていたことを考えると、もう少し早くオンライン面会をお願いしていたらと、とても悔やんだ。

その後、父は入院二〇日目にＰＣＲ検査が陰性になり、感染病棟を出ることができた。ただ抗生物質の耐性ができてしまい、肺炎を治すための薬が効かなくなっているようだった。主治医から二度目に患った誤嚥性肺炎がどんどん悪化しており、他の抗生物質を試す必要があるとの説明が後日あった。

母のＰＣＲ検査と面会

父が感染病棟から出ることができたので、直接父と母が面会できるように主治医にお願いした。母のＰＣＲ陰性証明書があれば面会可能とのこと。しかし母もコロナに感染し、保健所から隔離が解禁されたばかりなので、ＰＣＲ検査をしても一ヵ月ほどは陽性になる可能性が非常に高いと言われた。

母の場合は解熱剤や抗生物質でコロナウイルスを抑え込んでいるわけではなく、断食し自己免疫と解毒排泄機能を最高値の状態にした中で体内のウイルスを高熱で死滅させている。そのためＰＣＲ検査は陰性になっている可能性が高いと私は考えていた。この私の予測通り、母はＰＣＲ陰性となっており父との直接の面会が許された。

父の主治医は面会に来た母が六九歳の高齢にもかかわらずコロナを完治させ、後遺症も全くなく、とても元気な姿を見せたことに驚いていたようだ。主治医は、この家族なんかおかしいな・・・と思ったに違いない。

その日から毎日、母が面会に行くことが許された。母に毎日会えるようになった父は、精神的にも落ち着きを見せ始めた。幸いにも、新しく試した抗生物質も効いたようで、少しずつだが回復していった。

ご存知の方もいると思うが、ＰＣＲ検査で陽性と出た場合でも、コロナを発症しているとは断定できない。ＰＣＲ検査の注意書にもこのことは書いてある。ＰＣＲ検査は唾液検査になるので、検査時に喉や口内にコロナウイルスが付着していた場合、陽性となる。無症状者と言われる方々がある一定数いるのは、コロナを発症していない方も多々含まれているからだと思う。

父の場合は、コロナ陽性と出たが、コロナ特有の症状は初日に四四度の熱が出たのみで、肺にコロナ特有のすりガラス陰影も出なかった。

コロナ病棟への入院だったが、誤嚥性肺炎の治療をしたと主治医から報告があった。この頃の父は、一〇ヵ月以上続けている穀物菜食の経管栄養、そして毎日欠かさず行っている手当て法で基礎体力がとてもついており、ウイルスに対しての自己免疫力は強く、コロナを発症しても重症化するはずはないと私は自信を持っていた。

後に主治医から説明があったが、この頃の父は持病であるパーキンソン病が末期状態になっており、喉の嚥下機能（唾を飲み込む力）がなくなり、唾液が常に肺に流れ落ちている状態だったとのこと。

そのため、父は入院中に二度も誤嚥性肺炎を患い、経管栄養だと痰が多くなって肺炎が悪化するため、点滴で必要な栄養を摂っていた。

父は体力がどんどん低下していった。

我が家のコロナになったときの対処法

私の家族は、父以外に、母、妹、私がコロナ陽性で自宅療養を経験している。

地竜は父の熱によく飲ませるなどしていたが、私も喉が痛いなと感じる日があった朝、地竜を飲むと二時間後には喉の痛みが消滅したことが何度かある。ウイルス性の風邪にも、とても効果があると体感していた。幸いにも地竜で母、妹、私共にコロナを完治させることができた。

母と妹は、高熱が出る前と高熱中、体の節々が痛くなる症状はなかったようだが、私は骨盤が開くような痛みが高熱の間中にあった。

そして三人に共通していた症状は脈を打つような酷い頭痛だ。頭痛で体を横にしても眠れないのだ。

私はこの酷い頭痛をなんとかして軽減させたくて、二つのことを試した。

一つ目が半身浴だ。

痛みはその部分に瘀血が溜まり出る症状だと、マクロビオティックや食養生の世界では言われている、半身浴をすれば頭にいった瘀血が下半身に降りてくると思った。私の予想通り、半身浴している間、頭痛が本当にピタリと止まった。

そしてありがたいことに半身浴で汗を大量にかき熱も下がった。熱が出た初日にこの半身浴を三回ほど行った。半身浴後また頭痛が戻ってくるが、それでも半身浴の回数を重ねる度に頭痛が軽減されていき、三回目の半身浴ではもうほとんどなくなっていた。

二つ目は、大根湯。

父の高熱時にも大根湯を試していた、頭痛をとるのにも大根湯は優れものだ。陽性の頭痛はその部分に古いタンパク質（瘀血）が溜まって出る症状だと言われている、これを溶かすために一リットル以上の大根湯を飲んだ。

飲むと直後から頭痛は楽になった。ただ、空腹時に大根湯はかなりきつい。大根独特の匂いで吐きそうになる方もいるかと思うので、試される方は慎重に飲んでほしい。

一般的に言われる一つの症状として、唾も飲み込めないほどの喉の痛みに関してだが、私は熱が出る前に喉の違和感があった。でもイガイガする感じだ。私の場合は、マヌカハニーが喉の炎症によく効くことを実感していたため、地竜の他にマヌカハニーを高熱の間は日に三回以上は口に入れていた。

そのおかげもあり喉の炎症はほとんど感じなかったように思う。

地竜を飲んでいたためか、母も私も高熱で断食しているにもかかわらず、体のだるさが皆無で体力が増強されたような感覚があった。ただ、妹に限っては高熱が五日以上続いたためか、体のだるさはあったと言っていた。

コロナを完治させるためには熱が下がるまで断食する。あとは地竜五グラムを一日二回服用し、ひたすら体を横にして寝ることだ。持病がなく健康な方は、この方法でだいたい熱は完治するように思う。

コロナの特徴として、一旦高熱が落ち着いたかに見せかけ、夜また上がるというサイクルを三〜四日繰り返す傾向があると言われている、

私の場合、四一度までの熱が一日目に出た。その後半身浴を何度かして、熱は翌日の

昼には三六度台まで下がったものの、その日の夜（二日目）に耳からポタポタと汗が滴り、全身ビッショビショになるほどの汗で目が覚めるということを夜中の間に五回ほど繰り返した。私の人生で後にも先にもあんなに汗が出たことはない。

そして翌日と翌々日（コロナ発症三日目から四日目）、熱は三六・五度から三七・七度を行ったりきたりし始めた。この頃は、高熱のダメージからか体が衰弱しているなという感覚があった。断食もしていたため体重が四キロほど落ちていたからだと思う。五日目の朝、完全に熱が下がりウイルスが抜けた感覚があったが、同時に嗅覚がなくなった。ただこれも二日ほどで回復した。妹も母も同じような熱のサイクルで治りかけの頃に嗅覚を失ったようだが、一週間もしないうちに嗅覚は回復したようだ。

無くなった嗅覚を取り戻すのには日光浴がとても効果的だという。

私はすぐに嗅覚が戻ったので試さなかったが、妹と母には日光浴をよくするようにと伝え、実践してもらい、早い段階で嗅覚は戻ったようだ。体の背面、特に太もも、ふくらはぎ、足の裏に直接お日様の光を当てることで自律神経が正常化しやすく、嗅覚も正常になりやすいように思う。

厳格な断食をした妹と母は体の解毒排泄機能が最高値になり、昔に封印していた病気（薬で治ったと思っていたもの）がこのときに表に出てきた。母は偏頭痛と狭心症の症状、妹は蓄膿の症状。二人ともコロナの熱よりこの症状が本当につらかったとのこと。狭心症には炭酸水、蓄膿は生姜湿布と塩番茶での鼻うがいがよく効いた。そして、母は父の在宅介護が始まって以来二年近く膝から下の広範囲に及ぶ皮膚湿疹に悩まされていた。コロナを完治させた後、跡形もなくその湿疹は消滅した。これは断食による効果だと思う。

妹と母のコロナの経過を鑑みると、高熱が下がるまでは断食をした方がいいが、普段から穀物菜食を心がけている方で、まだ体から毒出しと言われる病気戻りの症状が出たことがない方は、厳格な断食をするのは控えた方が良いかと思う。熱が少し引いた時点で、葛や玄米クリーム、甘酒等を少し口にした方が楽にコロナを治せるように思う。

一般的に厳格なマクロビオティック食を続けていると、毒出しと言われる症状が出てくる。ここ五〜六年の間、普段から妹と母はマクロビオティック食を心がけていたが目立った毒出しがなかった。それが今回のコロナを機に一気に解毒排泄が加速したのだ。

過去に患った病気で、薬を飲み治ったと思っていたものが症状として表に出てきた。妹は蓄膿症の痛みでメンタルが崩壊しそうだったようだ。この痛みを軽減させるために鼻うがいを頻繁に行ったところ、幼い頃、よく母に飲まされていた市販の風邪薬の味と臭いがしてきたとビックリしていた。薬を含む化学薬品は体内の細胞に一旦取り込まれた場合、なかなか排泄できないとはこのことだなと思った。

私の場合は何年もの間厳格なマクロビオティック食を続け、数々の毒出しの症状を克服してきた経緯があったせいか、今回のコロナ時での厳格な断食では妹や母のような病気戻りの症状は全く出なかった。ただ、高熱のため肝臓へのダメージが非常に大きかったのだろう、熱が下がった後しばらくの間、尿が濃い黄色やオレンジ色になった。体がかなり陽性に傾き過ぎたのだろう、しばらくは玄米が全く入らなくなった。陽性過多で酷い便秘にもなった。これにはハブ茶で対応した。ハブ茶には肝臓と腎臓を癒す効果があり、また陽性の便秘にも良いとされている。ハブ茶を病後一週間ほど飲み続けたところ、尿の色も便秘もよくなっていった。

そしてよく言われている、コロナの後遺症についてだが、私は咳と粘い痰が熱が引いた後から出始め一週間以上続いた。そして呼吸を深くすると肺の辺りに何か引っかかるようなものがあり、呼吸がしづらいという症状がしばらく続いた。しかしこれも発症から三週間ほどで気にならなくなった。このとき、コーレンを試せばもう少し早く回復したのだろうが、ちょうど在庫切れで手に入らずそのまま放っておいてしまった。

私は過去にインフルエンザにも罹ったことがなかったため、今回初めて四一度の高熱を出した。風邪と同じで軽い症状の方もいるようだが、私の場合かなり堪えた経験となった。マクロビオティックを何年も実践しており、自分の体にとても自信があったのだが、想像以上に体を回復させるのに時間がかかったように思う。途中から今は体を休める時期なんだと、半ば諦めて体を癒し休ませることに集中した。

体力がつき始めた父

九月頃になると父はさらに体力がつき、骨ばっていた肩や手、腰に肉眼で分かるほど肉がついてきた。そして、褥瘡も新しいピンク色の肉が下から盛り上がってきており、完治する見込みが出てきたのが誰の目から見ても分かった。年末までに完治しそうだと、母から嬉しそうに連絡があった。体調の良い日が徐々に増えていき、受け答えや意思表示、笑顔も時折見られるようになった。

真夏の間は、高知の蒸し暑さから体がとても陽性になり、葉物野菜、お茶、オレンジジュースで中庸のバランスを取るのに、毎日父の状態を注意して観察する必要があった。ただこの頃は、陰陽のバランスや体の塩分濃度にそこまで気をつける必要がなくなっており、私から見て父は中庸より少し陽性で、陰陽のバランスがとても取れたベストな状態に見えた。

十月一日の夜中、尿の管から一リットルほどの量の尿が漏れ出し、布団が大変な状態になった。その日はちょうど医者の往診の日だったため、尿管のやり替えをお願いした。ただ、その管がいつもより太くて硬いため、陰嚢痛《いんのうつう》があるらしい。父の尿道が少し変形しているようで、尿の管を入れるのが難しく、かなりてこずったようだ。陰嚢痛は慣れるまで続くらしい。

マクロビオティックの食事療法で、体は段々と良い方向に向かっていくと思っても、鼻の管、尿管への管と管が増えて、不快感を覚えている姿を見るととてもつらくなる。

九月末位から朝晩は少し冷える日も出てきたが、まだまだ暑い日が続いていた。玄米クリームと味噌汁は晩夏用に調整。ちょうど栗をいつも行っている自然食品のスーパーで見つけた。

栗、浄身粉（ハトムギの粉）麦を一緒に入れて玄米クリームを作った（作り方は142ページ参照）。

鼻から入れる経管栄養だったとしても、栗の甘く香ばしい香りで秋の訪れを父に感じてほしいと願った。

晩夏用の玄米クリームの作り方

一．玄米を洗う。

二．玄米を炒める。

三．炒めた玄米と一緒に栗、麦、浄身粉、水を加え、弱火で三〇分炊く。この後の工程は、基本の玄米クリームの作り方と同じ。

秋は肺の排毒が始まる季節

八月三十日、夜間の看護師より一〇日間ほど連続して痰が多く、夜、全く寝ない日が続いていると相談があった。眠いのに痰の流出で一時間おきの痰吸引を要し、ひどいときは一〇分に一回の痰の吸引。しんどさのせいか夜中も呻吟がずっと続いているとのこと。

9月～10月の食事内容

	玄米クリーム	経管栄養剤	玄米甘酒	味噌汁	小豆カボチャ	カワラヨモギ茶/あずき茶	白湯	オレンジ	コーレン
6:00	400		250	50		200	100	45	
10:00		400			50	100	100	30	
13:00			200	50		200	100	30	
17:00	300		100	50	30	200		30	
20:00			200	100		250	100	45	50

痰が粘っこいとのことなので、痰切りの手当て法の一つ、コーレンを試みる。コーレンを初めて試みたその夜は呻吟が全く起こらず、呼吸も穏やかで朝までぐっすり寝たと報告があった。父の体の反応がこんなにしっかり出たので、コーレンの威力に驚いた。

それからしばらくは痰の量が多く、粘っこい場合はコーレンを入れてもらうことにした。コーレンがとてもよく効くようで、呻吟もなく呼吸も穏やかに良眠できる日が多くなった。父が快適に眠れることがとても嬉しい。

九月二十二日、夜間の看護師より痰の吸引時に気管に痰が入りにくい日がたびたびあると連絡があった。ただ、一旦気管に入れば大量の痰は引けるようだ。

今の父の状態を陰陽で考えると、コーレンは痰切りのために使われるもので、れんこんをすりおろしたものよりも陽性でできている。気管が閉まるように感じるのは納得できる体の症状だった。ただ、締まり過ぎると良くないため、一旦コーレンを止めてみることにした。

現在の夜中の痰の状態を聞いてみると、頻繁に塊の痰が出てくるとのこと。れんこん湯が気管を広げ、痰を出しやすくすると思ったので、今度はれんこん湯をコーレンの代わりに試してみることにした。このれんこん湯は気管を広げてくれるため、陽性の痰の場合は痰を出しやすくする。

夜間の看護師かられんこん湯を初めて入れた日は痰の形状が変わり、父が楽そうだと報告があった。ただ、残念ながら、れんこん湯の手当て法の確実な効果を検証する前に、父が誤嚥性肺炎とコロナで緊急入院となってしまった。

実家でコロナクラスターが出る二週間ほど前に、私は実家に帰省している。

東京に戻ってから書いた私の日記の内容を再度読み返してみると、このときの父は、自分がコロナで入院し、危篤状態になるのを予測しているように思える。

（私の日記から）

「久しぶりに夫を伴い家に帰ることができた。

このときの父は、体は前より元気になっているけど、前ほど話ができないように感じた。お正月に帰れないことを伝えると頷いていた。私の顔をずっと見つめて何か言いたそう。生きる気力がもうないかな？　と一瞬感じた。急に不安に駆られ、涙が出てきた。

毎日、痰が多く、体も思うように動かせない、ずっと寝たきりで、私たち家族のためによく頑張ってくれているな。昭和の激動の中を生き抜いてきた父は、弱音を吐いたことがない。経営者で孤独の中で生きてきた人。そして、今も病気との戦いに孤独を感じるね。到底、私の今までの人生の頑張りは父の足元にも及ばない。とても尊敬しています。本当に頑張りが必要な人生だね」

痰の手当てについて （147ページ参照）

季節が秋に差し掛かると肺の解毒サインが出てくる。

鼻水、咳、痰の症状が秋頃に増えてくる方が多いのはこのためだ。アトピー体質の方は、夏に毛穴が開き、皮膚からの解毒排泄で皮膚の痒みが増すが、秋に差し掛かると毛穴が閉まり、痒みを伴った部分はカサカサになる。そして、代わりに鼻炎や鼻づまりを起こす方が多い。

父も体が予想通りに反応し、秋に差し掛かる頃、痰が急激に多くなった。

痰にも陰性と陽性があるため、手当て法が違ってくる。夜間の看護師から毎夜送られてくる一日の医療レポートを見て痰の状態を確認し、痰の陰性、陽性を判断する。便や血圧の状態、身体の硬直具合も併せて確認し、痰の手当て法の有無と、もし行う場合は陰もしくは陽のどちらの手当て法にするかを判断した。

私たちのトラウマ

私たち家族は、父がコロナで入院した当初から、とにかく早く退院させたい気持ちが強かった。それは、病院ではマクロビオティックの手当てや食事が難しいという理由と、七ヵ月前に地元の病院に父が緊急入院した際、コロナで面会もできない上、父が非常に衰弱した状態で退院してきたからだった。私たちはそのトラウマが非常に強かった。主治医にもその旨、事あるごとに伝えていた。そして感染病棟を出るタイミングで退院できるようにしてほしいと何度も主治医にお願いしていた。しかし、感染病棟を出るタイミングで二度目の誤嚥性肺炎を発症してしまい、抗生物質の点滴と五リットルの酸素吸入が必要になってしまった。

父が退院する条件として、自宅に往診に来てくれる医者が酸素吸入が必須な患者を受け入れてくれるかどうかだったが、父の現段階の病状に責任が持てないことを理由に断られてしまった。酸素吸引が必要な在宅患者を今まで担当したことがないとのこと。

私は父の栄養状態が気になり、毎日気が気ではなかった。入院時、市販の玄米クリーム、玄米甘酒、梅醤番茶を経管栄養として父に入れてほしいと医師にお願いをしていたが、大きい病院のため許可を取るのが難しいとのことだった。

三七日間の入院を経て退院

十二月三日、三七日間の入院を経て父が退院した。

未だに酸素吸入は必要な状態だったが、入院していた総合病院の主治医がバックアップをしてくれるという条件で、往診に来てくれる医者も承諾してくれた。

退院当日、主治医が父と一緒に病院の救急車に同乗し、家まで送ってくださった。今回の入院で感染病棟に入り、誰とも会えない状態が続いた父の心細さや不安は計り知れない。そのような状況の中、私たち家族に寄り添ってくれる医師に出会えたことは不幸中の幸いであった。

家に着いてベッドに横たわった父は部屋をぐるりと見回し、本当に家に帰ってきたのだと分かった様子だ。

母の〝おかえり〟という声に、今まで見せたことのない嬉しそうな笑顔を見せた。のちに、父の主治医はこのときの父の満面の笑顔が頭に焼きつき、忘れられないと言っていた。

主治医の判断に感謝

その日は日中の訪問看護師の方々、夜間の看護師が主治医からの引き継ぎを受けるため集まってくれていた。父のためにたくさんの方が協力してくださり、とても有難い気持ちになった。
父は入院中ＨＣＵ（ＩＣＵの一つ下のレベルの緊急病棟）にいたが、今回は一般病棟に移るタイミングでの退院だった。このときの父の肺の状態は、両肺の上三分の一のみが回復しており、酸素吸入が必要不可欠だった。病院の経管栄養剤が合わず、下痢続きだった父に栄養をつけさせるには、家族の手作り料理を栄養として入れたほうが良いとの判断を主治医がしてくれたのだ。早めの退院許可が本当に嬉しかった。

退院当日、家に到着後は酸素吸入を四リットル要していたが、しばらくすると二リットルまで量が減った。食事のための水分を鼻から入れ始めると、バリバリという音が肺から聞こえてきた。今まで聞いたことのない音に母も夜間の看護師も恐怖を感じたとのこと。その夜は酸素の取り込みは八六パーセント以上から上昇しなかった。主治医から看護師に、誤嚥を防ぐためにゆっくりと栄養を鼻から胃に落としていくようにと指示があったが、注射器で栄養を入れていくため、スピードがおそらく速すぎたのだと思う。今思えば、退院当日から誤嚥が起きていたと考えられる。

中途半端は効果半減に

肺炎を患っていた父は、背中側の肺によるダメージがあると主治医から聞いていた。退院当日は、背面の生姜湿布、里芋パスタを行った。

この一年近く、ずっと体の表側の両肺のみの生姜湿布と里芋パスタをしており、背面はしなかったことをひどく後悔した。故O先生の手当て法を読み返すと、誤嚥性肺炎の手当て法として体の表裏両方の生姜、里芋パスタをする必要があると記載がある。手当て法の効果を最大限に引き出すには、やはり完璧に行う必要がある。病人の場合は特にそのことが当てはまる。中途半端なことをすると、効果が半減することを思い知らされた。

ちょっとした不注意が命取りに

退院して二日目のお昼、父の熱が三八度まで上がった。父は頭の裏から背面にかけてびっしょり汗をかいている。上半身、特に背面に熱がこもっており、掛け布団を外すと寒いようだ。

後から分かったことだが、父のベッドヒーターが退院した日の夜からずっと〝オン〟になったままだった。それは、緊急入院する前日までの間の四日間誰も気づかなかった。退院二日目の昼、父が妹に何かを訴えていたようだが、今思えば暑いという意思表示だったのだと思う。

ベッドヒーターの機能は夜間の看護師のみやり方を知っていたため、誰もその機能があることすら気がつかなかったようだ。父は完全な脱水状態になっていた。退院当日は寒かったため、夜間の看護師が気を利かせてヒーターをつけたのだろう。それを引き継ぎレポートに書くことを忘れていた。こういう不注意が病人には命取りになる。父は誰も気が付いてくれず、自分の声もうまく出すことができず、どれほどつらかったことだろう。やっとの思いで、つらい治療と孤独を乗り越え退院したのに。

緊急入院前夜の出来事

この夜のことは思い出しただけでもつらくなる。生姜湿布と里芋パスタをしていなければ、父はもっと苦しい思いをしただろう。改めて生姜湿布、里芋パスタの効能に驚かされ、先人への感謝の気持ちが湧く。

退院して四日目の夜七時、父がぐったりしていて目も開けない、と母から連絡があった。以下、当日の経緯。

生姜湿布、里芋パスタをすることにより、呼吸が楽になるようだった。里芋パスタはとても硬く作っているのだが、体内からの水分を吸い取るようで、四時間経過すると、里芋パスタは水分を吸い取り、シットリとなっていた。

熱が出ていたので、水分を入れるときに濃い梅醤番茶を父に飲ませた。虚ろだった目がはっきり開いた。今思えばこのとき、父は脱水症状を起こし、塩分が足りなかったのだ。

朝六時に私は父を励ますため電話をした。何とか再入院をするのを食い止めたかった。

朝七時半に主治医と連絡がつながり、再度、前に入院していた総合病院への父の緊急搬送が決まった。

再度の緊急入院

再入院になった。またもや誤嚥性肺炎を起こしており、両肺ともに真っ白な状態になっていた。さらに、栄養失調により両肺下に水が溜まっていた。

病院では、家庭にある酸素より濃度の高いものを入れることができる。父の呼吸も楽になっていると母から聞き、少し安心した。

入院二日目、父との面会で母が、

当日の経緯

	血中酸素	追加酸素	熱	
19:00	89%	５ℓ	37.5	呼吸浅い、チアノーゼ, 四肢冷感
20:00	生姜湿布、里芋パスタ開始			
22:10	94%	３ℓ	38.6	呼吸楽になり、ウトウトし始める
1:30	93%	4ℓ		脱力している、呼吸浅い
4:30	70-80%	5ℓ	37.7	呼吸浅い、脱力しており、肩で呼吸している、
5:40	生姜湿布、里芋パスタ開始、梅醤番茶入れる			
7:30	90%	7ℓ	38.2	
病院に行くまでの間、生姜湿布、里芋パスタ				

「ヒーターが付きっぱなしで、なんぼか暑かったやろう、ゴメンね、気づいてあげられなくて、本当にゴメンよ、もうこんなこと、起こさないから」

と言ったら、父は声を上げて泣き、母も一緒に泣いたという。

ああ、とんでもないことが起こってしまった。せっかく頑張って退院できたのに、父の努力を無駄にしてしまった。その申し訳なさに、そして起こってしまったことに、後悔の念が私に波のように押し寄せてきて、涙がとめどなくあふれた。

父がつらいとき、私も同じように涙が出る。そして父が苦しいと思うとき、私も苦しくなる。振り返ると、私は幼いときから、寡黙な父の気持ちが手に取るように分かることが多かった。再入院が決まってからの父の苦しさやつらさが伝わってきて、眠れない夜が続いた。

つらい父との面会

緊急入院から三日目、栄養失調状態が続いていることから胸水が溜まり、呼吸がしにくい状態になっていると主治医より連絡があった。容態を安定させるため、アルブミンの投与と輸血を行いたいとのこと。パーキンソン病の悪化から、常に唾液が気管に落ちており、誤嚥を防ぐことができないと言われ、気管切開の手術で人工呼吸器をつけることを勧められた。

私はこのときの電話で主治医に、父がこの何日かで亡くなる可能性があるかどうか聞いたことを覚えている、主治医は、すぐに亡くなることはないと答えてはくれたものの、栄養失調が続いているため楽観視はできないと言っていた。


父の緊急入院から五日目、急きょ、父に面会に行くことを決めた。父に会いたかったのはもちろん、ずっと電話だけで連絡を取り合っていた父の主治医と直接話がしたかったのが理由だ。

主治医は週末にもかかわらず、私の面会を快く受け入れてくれた。このとき、高知のコロナ陽性者はゼロの日が続いていたため、陰性証明書を提出することで父との面会も許された。

十月末に入院してから、ずっと会えていなかった父に会うことができた。栄養失調のせいで手足がパンパンに浮腫んでいる。両方の腕は点滴の水分で異常なほど膨らんでブニョブニョになっていた。父のオレンジ色の尿を見たときには本当に怖くなった。父の肝臓は大量の薬剤で相当な負担がかかっているのだろう、それに伴い腎臓も弱っていると感じた。

痩せてしまった父からは生命力が感じられなかった。私は泣いてしまった。たくさん話しかけたかったけど涙しか出てこない。そして私は、父に頑張ってと、これ以上言いたくないのに言ってしまった。

『どこまで頑張ればいいんだよ』『いい加減にしてほしい』って思ってるよね？　分かるよ、お父さん、本心は楽になりたいよね。

父の気持ちが手に取るように分かり、余計につらかった。帰りの飛行機の中ではマスクが涙でべったりと濡れた。

病院では主治医から父の容態の説明を受けた。誤嚥性肺炎を繰り返しているため、抗生物質の耐性ができ、効かなくなっているようだ。そして、水が両肺に溜まっているため、昨日一リットルの水を右肺から抜いたとのこと。左肺にも水は溜まっており、依然として呼吸がしにくく、人工呼吸器を挿管することを再度勧められた。

人工呼吸器装着の是非

私は人工呼吸器についてかなり調べた。人工呼吸器をつけた患者さんの検証データや文献をたくさん読んだ。その中で、一旦人工呼吸器をつけると苦しくてたまらない、延命にもほとんどつながらないという内容のものを多数目にした。

私は医療を施して、無理やり延命させることは、自然の摂理に反していると考えている。そして延命させたとしても、それがその人の幸せにつながるとは思っていない。

このとき、父に人工呼吸器をつけることに対して、父の立場になって何度も考えたが、心が何度も〝つけるな〟と反応した。どうしても受け入れることが難しかった。しかし、今のまま何もしなければ、父は一ヵ月ももたないことも容易に想像できた。母が何としてでも父を生かしたいと思っているのも分かった。私は母の気持ちを優先することに決めた。人工呼吸器をつける手術をしてもらおうと母と妹に話した。

面会の翌日、人工呼吸器をつけてもらうため主治医に電話をかけた。人工呼吸器を挿管すれば気管に風船を入れる仕組みになるため、唾液の誤嚥を防ぎ、栄養もたくさん入るようになると説明を受けた。それであれば、市販の玄米クリームと梅醤番茶を父に経管栄養として入れてもらえるよう、主治医に懇願した。その結果、私の鬼気迫る気持ちが伝わったのか、主治医は強引に病院に許可を取ってくれた。こんなに私たち家族に心を寄せてくれる医者はいるのだろうか、本当に感謝の気持ちで一杯になった。

無双原理一二の定理

父はコロナで入院中も、そして退院してからも、市販の経管栄養剤を入れるたびに下痢になっていた。私が作る玄米クリームや玄米甘酒は体に吸収されるのに、病院からの経管栄養を入れると下痢になる。陰陽で考えると病院で出される経管栄養剤は糖分と食品添加物が多く極陰性だ。

父は誤嚥性肺炎とコロナになり、大量の薬を服用しなければならず、すでに陰性の状態に体はなっている。そこに陰性の経管栄養剤を入れると体がさらに陰性の状態になり、極陰性の状態が行き過ぎてしまって反転し、陽性の状態になってしまったのではないか

（注1）。

その結果、肺は熱を持ち、体がそれを冷やそうと反応して水が溜まる。マクロビオティック陰陽の法則で考えれば当然の流れだ。今の状態を改善するには体をかなり陽性の状態に持っていくしかないと私は思った。体をかなり締める（陽性にする）必要がある。玄米クリーム、特に梅醤番茶は今の父の状態には合うはずだと確信した。

人工呼吸器をつけてもらうことを主治医にお願いした翌日、第一段階として人工呼吸器を経口挿管した。一週間ほどしたら気管切開の手術をし、人工呼吸器を気管の部分につけるとのこと。

口から人工呼吸器を挿管している一週間は鎮痛剤と麻酔で父は眠っていた。妹と母が毎日面会に行ってくれた。妹の高い声での呼びかけに眠っている父は、何度かうっすらと目を開けるようだ。このとき、妹は臨月に入っており、体の負担も大きかったはずだ。家族みんなが不安で一杯だった。

（注1）無双原理一二の定理というものがマクロビオティックにあり、その一つ。

手術を乗り越えた父

気管切開の手術は三〇分ほどで終わると聞いていたが、全身麻酔になるため、ひどく衰弱している父の体が持つかが一番の懸念点だと主治医から言われていた。

母は、父が手術中にそのまま亡くなる可能性もあると言われ、同意書にサインをした。父の弱っていく姿を毎日見ていた母を、より追い詰めることになった。こういうとき、兄が生きていてくれたらどれだけ心強いかと、何度も思った。

私たち家族の祈りが通じたのか、父は手術を乗り越えてくれた。

手術をした翌日、私は父に会うため高知に飛んだ。

父は麻酔が抜けきれておらず、まだボーっとしていた。二酸化炭素が体内に溜まってきているのか顔が赤くなっている。でも体調は良さそうな感じがした。このとき、主治医が父に玄米クリームと梅醤番茶を入れ始めて一〇日ほどになっていた。そのせいなのか、前より明らかに父の生命力を感じた。一緒に来ていた夫は、父を見て「元気そうだね」と開口一番に言っていた。

下痢に対する梅醤番茶の効力

しかし数日後、主治医から父の下痢が止まらないという連絡があった。栄養を体が吸収せず、アルブミン値がまだ低いままだった。聞けば、一日二回下痢をしているとのこと。このままでは父の体が持たないと、私の中でまた警笛が鳴った。何とかして下痢を止めないといけない。父の腸内は大量の抗生物質や麻酔、鎮痛剤で弱っている。本来なら葛か玄米甘酒を父に摂らせたいが今の状況では難しそうだった。

考えた末、現在、経管栄養の補足として入れてもらっている梅醤番茶の量を倍に増やしてもらうように主治医に再度電話で懇願した。

それから二日後の大晦日の日、父の下痢が止まった。主治医は梅書番茶がお父さんの下痢に効いていますね、と言ってくれた。

下痢さえ止まれば、父の体は栄養を徐々に吸収してくれるはずだ。濃い霧が少しずつ晴れていくようだった。

二〇二一年十二月三十一日。この日のことを私は生涯忘れないだろう。心から安堵した日になった。

驚くほどの回復、そして退院

それから一週間で父は驚くほどの回復を見せた。目を疑うとはこのことを言うのだと思う。

父は下痢が止まったおかげで栄養が体に吸収され始め、肺の回復が徐々に見られてきた。人工呼吸器をつけた当初は、二酸化炭素が体内に溜まっているため、糖分を与えることができないということで、玄米甘酒を経管栄養として取り入れてもらうことができなかった。

それが徐々に二酸化炭素の心配もなくなり、玄米甘酒と玄米クリームを日替わりで主治医が入れてくれるようになり、アルブミン値が上がってきた。

人工呼吸器もお正月が明ける一月八日頃には必要なくなり、自発呼吸が可能になった。

父は一般病棟に移ることができた。

そしてまた一週間後、父は車椅子に乗り、リハビリを行うこともできるようになった。真っ白だった肺も三分の二は回復しているとのこと。

退院の予定日の話が主治医から出た。家族みんなが喜んだ。母の声も明るく弾むようになった。

三月十二日に父の退院日が決まった。

父は退院前に胃ろうの手術を行った。鼻から胃につながっていた経管栄養用の管を父は取ることができた。鼻中の粘膜は一年以上にわたる痰の吸引と経管栄養の管で皮が剥げ、腫瘍ができていた。

胃ろうになると食事も幅が広がり、父はますます元気になるだろう。

第五章　マクロビオティックレシピ

これは父の経管栄養を作った際のレシピで、マクロビオティックの基本食と言われるものが多く含まれている。

人それぞれ体調が違うため、必ずしも食材の分量や調味料がその人に合っているとは限らないので注意願いたい。もし口から食事を摂ることが可能であれば、その食事を味わって〝美味しく感じるかどうか〟が、その人の現在の体調に、その食事が合っているかどうかの指標になる。

口からの食事が難しい場合は、まずは自分自身（作ってあげたい人がいるのであればその人自身）をしっかり観察してみる。例えば、表情、便の硬さ、便の色、尿の色、血圧を判断材料とする。そして、その上で作った食事を摂り続けていると必ず体に変化が現れる。

もし、その食事が自分自身（その人）にとって陽性すぎるのであれば、便が硬くなる、もしくは尿が濃くなる、血圧が高く、眉間に皺がよるなど、陽性の症状が出始めるだろう。

　陰性すぎるのであれば、便が下痢になり、尿色が薄くなり、浮腫が出るなどの陰性症状が出始めると思う。

　その時の季節や体調に合わせて食事の作り方を変化させ、中庸（自分自身、またはその人とってちょうどいいバランス）に持っていくこと、それがマクロビオティックだ。


　また、従来のマクロビオティックの基本食、手当て法に基づいたものとは少し違うレシピになっている部分もある。これは私がこの食事を作り続ける上で考えた配合と、手当て法を無理なく長く続けるために簡素化したものである。もっとより深く勉強したい方は参考文献を見ていただければと思う。

玄米クリームの基本的な作り方

玄米：1/2カップ
水：3.5カップ+1.5カップ
塩：全体の1%
サラシ

❶ 玄米を布巾で拭き、玄米がきつね色になるまで炒る（4の玄米の色まで炒る）。

❷ 土鍋に❶と3.5カップの水を入れ、沸騰後4時間炊く（圧力鍋の場合は40分）。
❸ サラシに❷を適量包み、木べらでしごきながら絞り出す（濃いクリームが出てくる）。
❹ ❸を鍋に移し、残りの1.5カップの水を沸かして加え、弱火にしてポタージュくらいの濃さに仕上げる。

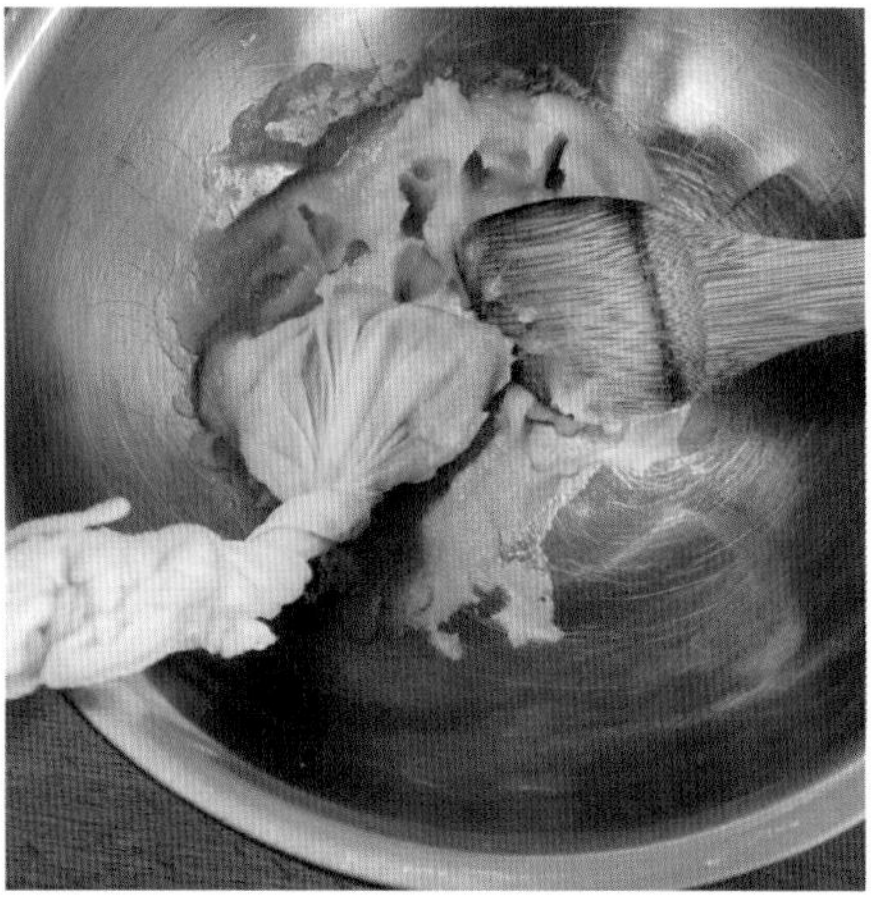

※体が衰弱しているときには基本に忠実に作る。
体が少し元気になり、陽性よりになってきたと思ったら、作り方の工夫をしてみる。炒るのを3くらいの色（上記写真参照）になるまで等の調整をする、玄米を拭かずに水で洗う等を試してみるなど、陽性よりの作り方、陰性よりの作り方で、面白いほど味や玄米クリームの質感が変わる。

黒ごま塩 (8:2)

黒ごま：大さじ山盛り8
塩：すりきり大さじ2
すり鉢
すりこぎ棒

ごまを炒る

❶ ごまをバットに広げてゴミを取り、水洗いして、よく乾かす。
❷ 鍋を温め、ごまがはねるくらいの火加減で炒る。
❸ ごまが膨らんで割れ目がついたら、弱火にして炒る（ごまを指ですり合わせて割った時、白い粉になるまで)。

塩をする

❶ 塩をサラサラになるまで炒り、すり鉢に入れパウダー状になるまでする。その後、すり鉢から出す。
❷ すり鉢に炒ったごまを入れ、軽くすって香りを立て、❶の塩を加え、サラサラになるまですり合わす。
❸ 空き瓶に入れ冷蔵庫で保管する。

※老化防止、浄血、鎮痛、健脳、美肌などに効果がある。
※白ごまか黒ごま、塩の分量は体に応じて変化させる。
※体調を見ながら取る分量を変化させる。

小豆カボチャ

小豆：0.5カップ
水：小豆の10倍〜12倍
塩：小さじ0.5弱
カボチャ（正味）：75〜150g（2㎝角に切る）

❶ 小豆を洗い小豆量の3倍の水を加え、火にかける。
❷ 鍋が沸いてきたら蓋を取り、小豆の生臭さが抜けるまで煮る。
❸ 生臭さが抜けたら、蓋をして火を弱める。差し水を時々しながら柔らかくなるまで煮て、塩と残りの水を加え、味がなじむまでさらに煮る。
❹ カボチャを❸に加え、さらにカボチャが柔らかくなるまで煮る。
❺ ハンドミキサーにかけて、目の細かい網で漉す。

※体質により煮汁の量、カボチャの量は異なる。煮汁は腎臓に働きかける力が強い。

味噌汁

味噌：60g（玄米味噌100%）豆味噌50%、麦味噌50%でも良い
出汁：4カップ（昆布だし）
れんこんの絞り汁：大さじ5
生姜の絞り汁：大さじ5

❶ だし汁を鍋に入れ、グツグツし始めたら、火を止める。
❷ 味噌を入れて、再び火にかける。鍋肌がグツグツし始めたら火を止める。
❸ 出来上がったものに、れんこんの絞り汁と生姜の絞り汁を加える。

※玄米味噌または豆味噌は麦味噌よりも陽性なため、冬場や体が衰弱している時は配分を多めにする。反対に夏場は麦味噌100%でも良い。
※昆布だしは椎茸だしより陽性なため、体が弱っている時、冬場は昆布だしを多めに、逆に動物性食品を多めに摂っており、体が締まっている人は椎茸だしを多めにすると良い。

鯉こく（圧力鍋での作り方）

鯉：1kg
ゴボウ：1kg（鯉の重量と同じくらいの量）
味噌：300 〜 350g（麦味噌50%、豆味噌50%）
刻みネギ：1本分
生姜の絞り汁：大さじ2
茶殻：1カップ
水：20カップ
ごま油：少々

❶ ゴボウは皮をむかずに大きめのささがきにする。
❷ 圧力鍋に油を入れて、キッチンペーパーで拭き、❶を入れ、強火でまんべんなく炒める。途中で鍋底が焦げてきたら少量の差し水をする。
❸ 分量の水から10カップとり、最初にひたひたまで注ぎ、煮立ったら残りの水を加え煮る。
❹ 煮立ったら鯉を全部❸に入れ、茶殻を木綿の小袋に入れて紐を結び、鍋に入れて蓋を閉める。
❺ ❹を強火にかけて、ピンが2本立ち、シューっと蒸気が出てきたら2分間その状態のまま（強火）にする。
❻ 弱火にして40分間煮る。
❼ 火を止めて、鍋を流しに持っていき、鍋底に水をつけ、横から流水をかけて急冷する。
❽ すり鉢に味噌を入れ、すりこぎでよくすった後、煮汁を少し加えて伸ばし、❼に流し込む。そして10分煮たら、刻みネギと生姜汁を加えて、火を止めて蓋をして5秒おく。
❾ ハンドミキサーにかけて、網でこす。

※鯉は、頭から骨、内臓全て使う。ただ、内臓の中にある苦玉を取り除くことと、頭の血を抜く必要があるため購入先で処理をしてもらい、鯉こく用にぶつ切りにしたものを送ってもらうことをお勧めする。
※本来、鯉こくを作る場合は、生きた鯉をその場でさばくことが良いとされている。ただ、現代においてはすぐに手に入れるのが難しく、さらに生きた鯉を輸送するにも鯉にストレスがかかるためあらかじめさばいてもらった方が良いように思う。

梅醤番茶

梅干し：中１個
醤油：小さじ1.5
生姜の絞り汁：2、３滴
三年番茶：150 ～ 200cc

上記の材料を混ぜて飲む

※陰性の症状によく効く。下痢や嘔吐、
また疲れがひどく、朝起きられない場合、
低血圧や冷えがある時にお勧め。

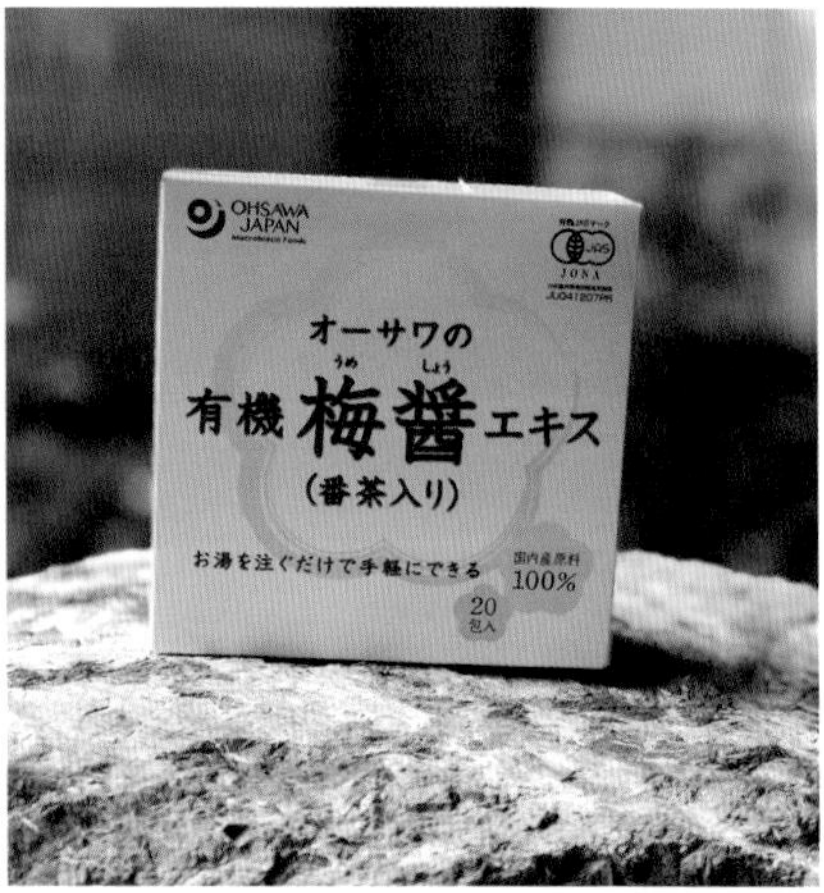

市販されている梅醤番茶、
手作りする時間がない時に

大根湯

大根おろし（大根一本を三等分下場合の
下1/3の部分）：大さじ1.5
生姜：小さじ0.5
醤油：大さじ1/2
番茶：1カップ

※顔が真っ赤になるような高熱が出た時、膀胱
炎などの炎症がある時、浮腫みがある時（陽
性症状の解毒に使う）。また、頭痛にも効果て
きめん（陰性、陽性ともに）。

れんこん湯（陽性の咳や痰）

れんこんの絞り汁：大さじ3
生姜の絞り汁：2～3滴
お湯：100cc

上記のものを入れて一煮立ちさせたものを服用する。
（グラグラと沸かさないように注意する）

※痰がからんで出にくい時、塊の痰が出始めた時、気管支炎の粘膜の腫れを改善してくれる。

コーレン（陰性の咳や痰）

コーレンの粉：小さじ2
水：大さじ2～4

※水っぽく、どろっとした痰（陰性）が多くなった時に飲むとよく効く。

玄米甘酒

玄米麹：500g
水：700cc

ヨーグルティアに玄米麹と水を入れ、温度を65度に設定し10時間以上寝かせる。

※本来の甘酒はお米を入れたりして甘みを出すが、私は麹と水だけで作る。甘みが控えめで飲みやすくなる。

※米麹、麦麹と同じ要領で作るとお米の甘酒、麦の甘酒ができる。麦の甘酒は癖があるが、元気な人は夏の暑い時に炭酸で割ると飲みやすい。
※ヨーグルティアに入れて寝かせれば寝かせるほど、発酵が進み乳酸菌が増える。

地竜

インフルエンザ、コロナなどの感染症の際の解熱に効果的。
また体力がない病人の微熱にも効果を上げる。

飲み方：予防としての服用：1～2g/日
　　　　治療目的：3～5g/日

漢方薬品店で購入できる。地竜を選ぶ際は見た目が比較的きれいでピンク色のものが多いものを選ぶこと、全体が灰色で土色のものは古く酸化している。

キャベツジュース

キャベツ1玉

ジューサーで絞り、30ccずつ小分けにして冷凍する。

※残ったカスはスープ用に取っておく。
※体を冷やすので夏の暑い時に体調を見て摂る。

キャベツスープ

ジュース用に絞ったキャベツのカス
キャベツ半分

❶ キャベツをみじん切りにする。
❷ ❶とキャベツジュースで残ったカスを鍋に入れる。
❸ キャベツがひたひたになるくらいまで水を入れて火にかけ、沸騰したら弱火にする。
❹ キャベツがクタクタに柔らかくなったらハンドミキサーにかけ、網で漉す。
❺ 出来上がったスープの量に対して1%の塩を加える。

※血圧が高い、尿が濃い、便が硬いという陽性の症状の場合に取り入れる。

出汁入りソーメン

素麺：2束

ソーメンスープ
昆布椎茸出汁：500cc
醤油：大さじ0.5
塩：少々
麦味噌＋豆味噌：大盛り大さじ1
擦った白胡麻：大さじ1.5
生姜：大さじ0.5

❶　ソーメンは茹でたあと、ザルにあげて冷水で洗う。
❷　ソーメンスープ450ccと❶をミキサーにかける。

※経管栄養のチューブに通るようソーメンのスープを多めに作り濃度の調整を行う。
※2回にわけてソーメンをミキサーにかけると塊がなくなりペースト状になりやすい。
※体が冷えやすいので体調を見て取り入れる。

外からの手当て

生姜湿布

生姜：300g（生姜4個ほど）
お湯：3～4ℓ
フードプロセッサー（すり下ろし器）
ゴム手袋
木綿袋（網ネットでも可）
タオル2

保温用
こんにゃく：大二つ
タオル3～4枚

❶ 水を張った鍋にこんにゃくを入れ、沸騰後、15分沸騰した状態で煮る。

❷ 洗った生姜をフードプロセッサーにかけて、木綿袋（網ネット）に入れ、お湯の中に浸してからよく絞り、袋はお湯の中にそのまま入れておく。

❸ 生姜汁の入ったお湯に火を入れ70～80度にする（沸騰させると効果が半減するので注意）。
❹ 四つ折りにしたタオル2枚を生姜汁の入った鍋に浸し、絞る。
❺ ❹を患部に当てる。
❻ その上から❶の温めたこんにゃくタオルで包んだものをおく。

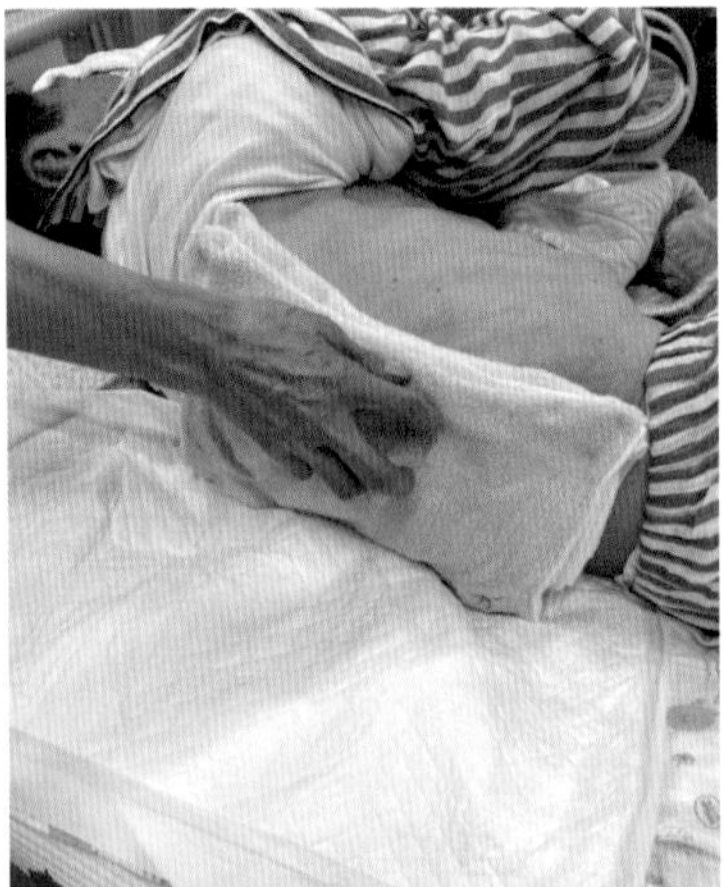

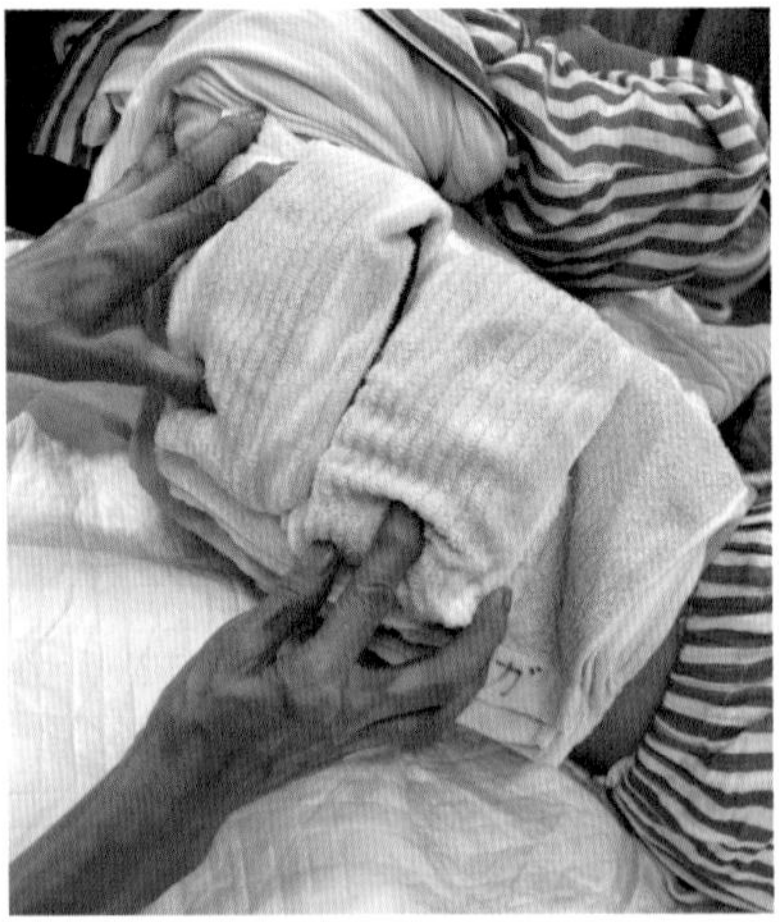

❼ 大きなバスタオルや腰ベルトなどで生姜のタオルとこんにゃくを固定して、10～15分ほどおく。

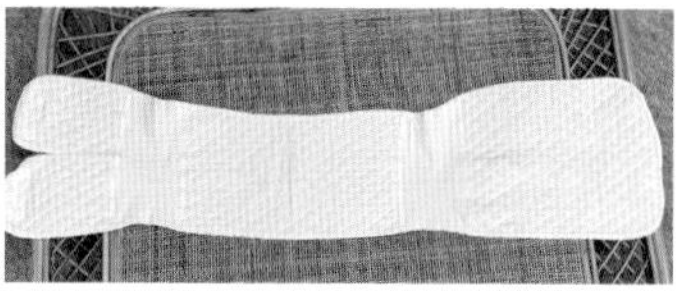

患部が真っ赤な状態になるまで待つ。

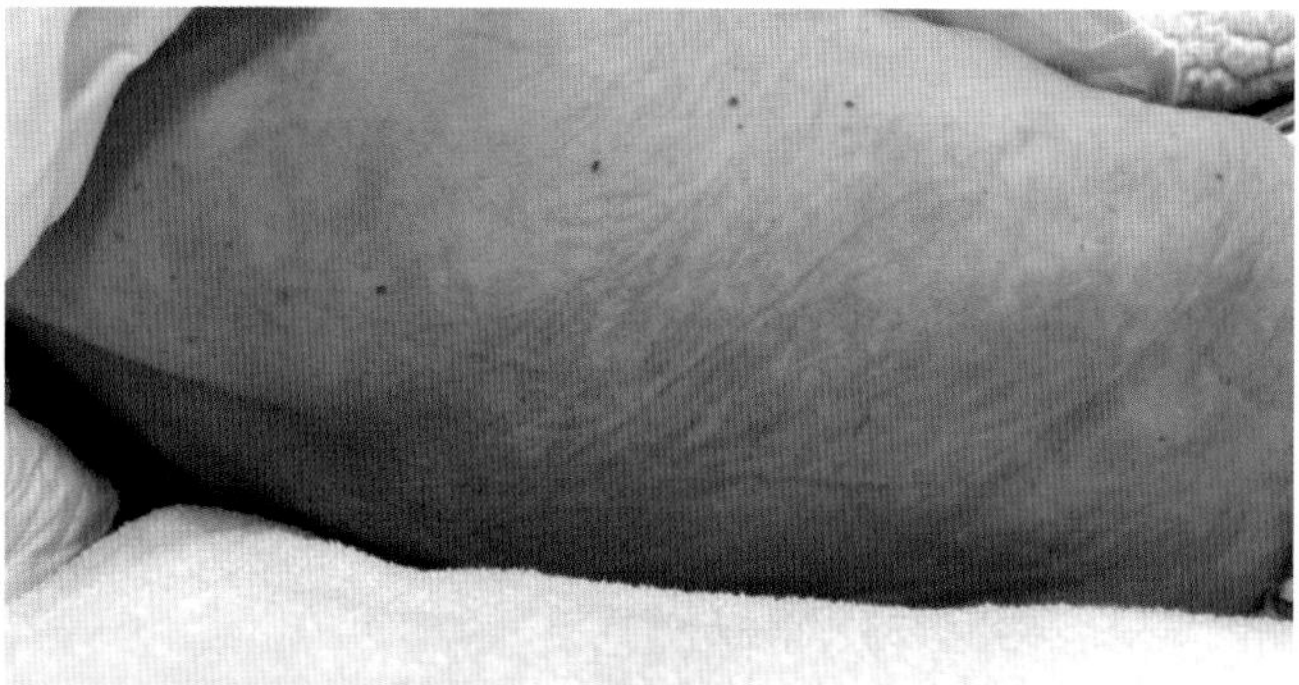

※患部の大きさに合わせて生姜と湯の量は調整する。
※患部が真っ赤になり、とても熱いと感じるくらいが効果的。
※こんにゃくは低温やけどの可能性があるので、熱すぎると感じたらタオルを増やし調整する。

※あらゆる痛み、痒み、凝りに効く。
期待できる効果：血管が濁り、瘀血が溜まっているとそこに痛みやコリが生じる。生姜湿布で患部に綺麗な血が集まってきて循環が良くなると痛みが和らぐ。褥瘡にもてきめんに効く。

アドバイス：生姜を一度にたくさん作っておき、保存袋に薄く板のように伸ばして冷凍しておくと、必要な時にすぐ使えるのでとても便利。

里芋パスタ

里芋：4～5個
生姜：全体の10%
小麦粉：里芋の2倍ほど（里芋の水分により決まる）

❶ 里芋と生姜を入れたものをフードプロセッサーにかける（ペースト状にする）。

❷ ❶に小麦粉を混ぜてクッキー生地くらい（耳たぶより少し固いくらいに）にする。

❸ 木綿またはカーゼに1～1.5センチほどの厚さにして広げ、それを患部に貼る（痒みが出る場合は、薄くごま油を患部に塗ってから里芋湿布を貼る）。
里芋パスタが患部からずり落ちないようにバスタオルや腰バンドで固定する。

※固めに作らないと体の中の陰性を吸って柔らかくなりずり落ちる。
※緊急時は4時間以上おかない。

期待できる効果：打ち身や捻挫、歯痛、あらゆる瘀血の吸出しに効果を上げるとされる（特に毛穴を通してがんを吸い出す効果があると言われている）。

注意1：里芋パスタは生姜湿布とセットで使うことが多いが、火傷や患部が腫れている場合は里芋パスタのみ行う。

注意2：里芋が取れない時期は里芋湿布用に市販されている粉を使うことがあるが、加工されたものは毒を吸い出す力がない。その場合は、ジャガイモのすり下ろしや小松菜、キャベツをみじん切りにしたものを里芋粉に混ぜて使うと効果的。

お茶の色々

カワラヨモギのお茶

陰性のお茶。真夏の暑い時に尿が濃くなったり、肝臓に負担がかかっていると感じた場合に飲むとよく効く、黄疸が出た際にも。

ハブ茶

陽性の便秘に効くお茶、父が経管栄養をしているときは使うことがあまりなかったが、胃ろうになった現在、便秘になると夜のお茶として300cc入れると、朝には自然な普通便が必ず出る。

小豆茶

尿の出がとても良くなる。腎臓に直接働きかけるため、膀胱炎、腎臓からくる浮腫みにとても効果を上げる。梅雨の時期になると腎臓に負担がかかり始める、その頃に飲むと腎臓への負担が減るように思う。

三年番茶

中庸と言われているお茶。上記の三つのお茶は症状に合わせて飲むため、常飲は良くないとされるが、マクロビオティックでは常飲用に三年番茶が推奨されている。

あとがき

当初の予定通り、二〇二二年三月十二日に父は無事退院することができた。

主治医が付き添っての帰宅で、この医師に出会えたことは奇跡だったと、最後まで感謝の気持ちしかなかった。退院当日は家族みんなが集まり、父の退院を心から喜びあった。

退院した当日の夜、櫛で髪を整えただけで大量に抜けていた父の白髪混じりの細い毛は、退院五ヵ月目の今、白髪がほぼなく真っ黒になり、地肌が見えないほどに太くふさふさになった。眉毛もしっかり生え、肌もシミひとつなく艶々に輝いている。

胃ろうにしたことで食事の量を増やすことができるようになったこともあると思うが、食事でここまで体が変化するとは、父に関わる人みんなが驚いている。

腰、胸、顔も肉付きが良くなってきており、調子が良い時は近くの海まで車椅子に乗り、散歩を楽しむ余裕も出てきた。残念ながら気管切開をしているため声は出ないが、口パクでの挨拶や調子を訴えたりするようにもなった。入院中から脳梗塞が再発し心配していたが、熟睡した日は意識がはっきりし、頭がかなり冴えているようだ。

そして何より、年々増える一方だったパーキンソン病の薬が退院三ヵ月目に減ったことは、父の看護に関わってくれる方々と一緒に頑張ってきた事が実ったように感じ、本当に嬉しかった。

今回の退院前に、父は胃ろうで食事がとれるようにしていたため、退院後は、市販の栄養剤を一度も入れることなく、私の手作り一〇〇パーセントのマクロビオティック穀物菜食を毎日欠かすことなくとっている。そのため、便秘や下痢に悩まされる事なく、自然排泄が毎日しっかりある。

急激な良い変化はないものの、毎日着実に体が快方に向かっていると感じている。

そして褥瘡（床ずれ）はあと一歩で完治のところまできた（現在、二センチ角の傷のような状態）。これも看護師の方々と喜びあっていることの一つだ。

文中に記載している痰の手当て法で「レンコン湯」というものがある。去年の秋に父が緊急入院してしまい検証ができないまま終わっていたが、秋に近くなった今月からレンコン湯の検証を行い、父にはとても効果的なことが分かった。コーレンを入れても夜中一時間に一回の痰の吸引で眠れなかった日々が、レンコン湯に替えて夜間の痰の吸引が全くなく、熟睡できるようになった。父の場合、粘すぎる痰の改善にコーレンが効くが、粘過ぎない痰にはレンコン湯が症状の緩和に役に立っている。

去年の在宅介護一年目は、何度も母からの緊急電話で肝を冷やし、眠れない日もあったが、

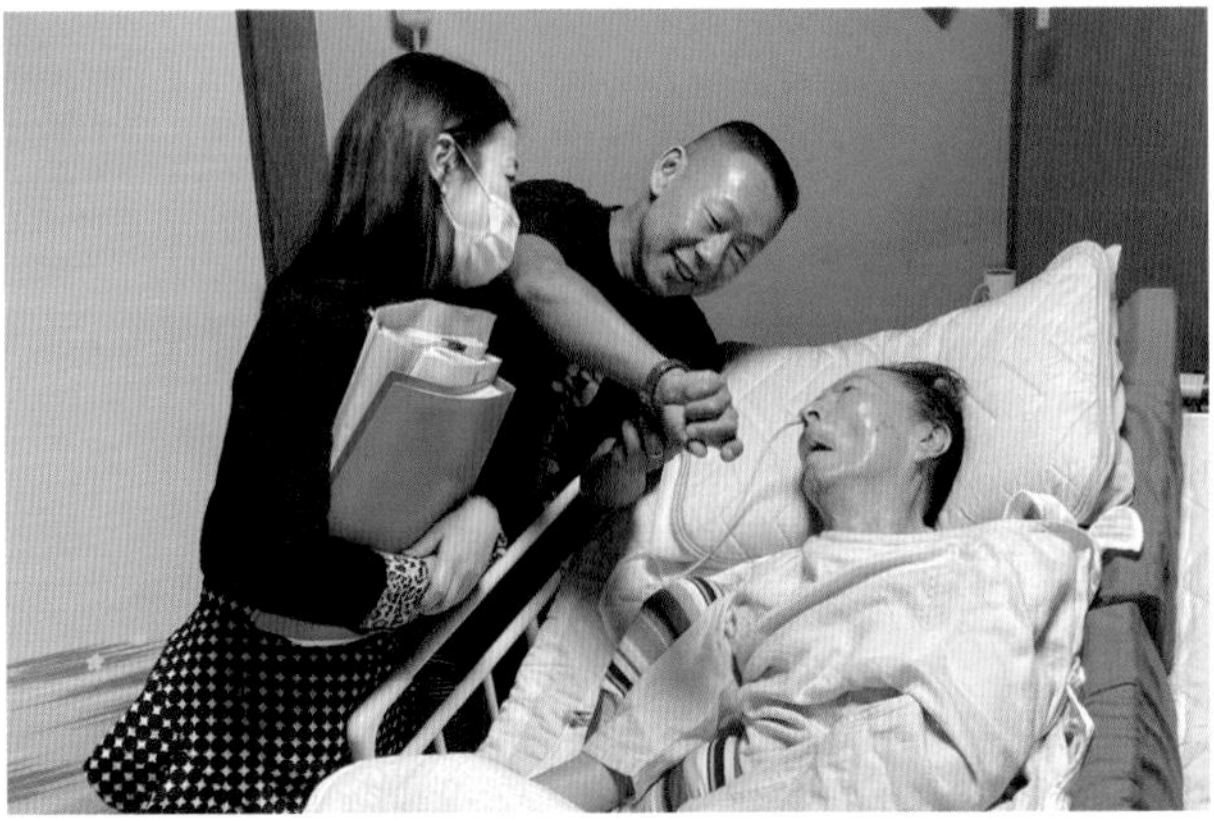

去年（2021年）
まだ鼻から経管栄養だった頃

現在は有難いことに父の状態が非常に良いため、家族全員が安心した気持ちで過ごすことができている。

訪問看護として毎日一日三回、父の看護に来てくれている看護師ステーションの皆様と夜間の看護チームの方々に心のこもった手厚い看護をしていただき、父は今最高に穏やかで幸せな老後を過ごしているように感じている。皆様には本当に感謝してもしきれない。

最後に私にこの本を出すことを勧めてくださり、そして、父の容態について日々相談させていただき、たくさんの智恵とアドバイスを授けてくださった自然治療家の先生に心から感謝を申し上げたい。

そして、東京から実家に頻繁に帰省すること、父のマクロビオティック食を作ること、毎日の決まった時間に看護師とのやりとりを横で応援し、支えてくれた主人に、この場を借りて心からお礼を言いたい。いつも本当にありがとう。

参考文献

鈴木英鷹，食養手当て法，清風堂，1996
大森英桜，無双原理，宇宙法則研究会，1995
大森英桜，正食医学講義録第①集，日本CI協会，2010
大森英桜，正食医学講義録第②集，日本CI協会，1994
大森一慧，一慧の穀菜食Book・手当て法，宇宙研究会，2000
東条百合子，家庭でできる自然療法，あなたの健康社，1978
久司道夫，マクロビオティック健康診断法，日貿出版社，2005
食養の道第8号，ヤマト食養友の会、1979年12月号（pp15-43）
食養の道第5号，ヤマト食養友の会、1979年8.9月号（pp42-61）
食養の道第4号，ヤマト食養友の会、1979年7月号（pp31-47）
食養の道第12号，ヤマト食養友の会、1979年4月号（pp35-50）

マクロビオティック在宅介護 ～父のパーキンソン病闘病記～

2022年12月1日　初版発行

著　者　永本佳子

発行者　三浦　均

発行所　株式会社ブックコム

〒160-0022 東京都新宿区新宿1-30-16 ルネ新宿御苑タワー1002
TEL.03-5919-3888(代) FAX.03-5919-3877

落丁・乱丁本は、お取り替えいたします。

Printed in Japan

©2022 KAKO NAGAMOTO

ISBN978-4-910118-51-2 C0077